PAUL FÉVAL FILS

LES CINQ

TOME PREMIER

20 Centimes

Collection A.-L. GUYOT
6 et 8, rue Duguay-Trouin
PARIS

Algérie, Colonies et Étranger : 25 Cent.

34

LES CINQ

PAUL FÉVAL FILS

LES CINQ

TOME PREMIER

PARIS
Collection A.-L. GUYOT
6 et 8, rue Duguay-Trouin, 6 et 8

LES CINQ

PROLOGUE

La Princesse-Marquise

I

MARIAGE EN DOUBLE EXPÉDITION

Au mois de Mai 1844, mourut, à Paris, un vieil homme immensément riche, qui portait sans bruit un nom des plus illustres.

Il possédait, en Valachie, toute une population de paysans serbes et tziganes qui cultivaient ses domaines, vastes comme un royaume, mais il vivait, seul et triste, dans une toute petite chambre d'un vieil hôtel, situé rue Pavée, au Marais.

Bien des gens croyaient qu'il était seulement un maigre locataire dans cette maison quasi-royale, cousine du Louvre, et qu'un Valois avait fait bâtir, au XVIe siècle, pour le fils de la plus charmante créature qui ait été jamais la maîtresse d'un roi.

On l'appelait le bonhomme Michel, tout court, mais ses lettres de décès invitèrent l'élite du faubourg Saint-Germain aux « convoi, service et enterrement du haut et puissant prince Michel Paléologue. »

C'était, ce bonhomme, le descendant direct des empereurs d'Orient.

Peu de jours avant sa mort, une autre cérémonie avait réuni une demi-douzaine de témoins dans sa chambre à coucher.

Il y avait là un Courtenay de la branche grecque, deux Comnène, un Lusignan et un Rohan. Deux évêques, dont l'un appartenait au rite catholique grec et l'autre à l'Église catholique romaine, étaient présents, revêtus de leurs habits pontificaux.

Chacun de ces deux prélats avait son autel, muni de toutes choses nécessaires à la célébration de la messe. Celui du Grec, qui n'était rien moins que le patriarche Théodose Ghika, frère du dernier souverain valaque et archevêque-primat de Bucharest, avait des ornements magnifiques; l'autre autel, fourni à grands frais, mais d'objets neufs, disait que les accessoires du culte romain entraient pour la première fois dans la maison de l'héritier des empereurs.

Il s'agissait d'un mariage à bénir entre une jeune fille de seize ans, Domenica, princesse Paléologue, et un homme de trente ans à peu près, Giammaria (Jean-Marie) Sampietri, marquis de Sampierre.

Le bonhomme Michel était le grand-père de Domenica et lui laissait la presque totalité de son énorme fortune. Sa propre fille, Michela Paléologue, princesse d'Aleix, assistait la jeune mariée en qualité de mère.

La princesse Michela n'avait jamais vu sa nièce avant ce jour. Quand elle voulut donner le baiser à son père en arrivant, le bonhomme la tint à distance de toute la longueur de son bras et dit à voix basse :

— Je ne vous ai pas pardonné, madame.

— Mon père, dit la princesse Michela, je suis veuve et Carlotta, mon unique enfant est bien malade : ayez pitié de moi.

Cette fois, elle n'obtint même pas de réponse.

La brouille entre le père et la fille venait de ceci : Quinze ans auparavant, Michela s'était mariée à un prince qui ne plaisait pas au bonhomme.

Ce vieux Valaque n'était ni méchant ni bon, mais il ne voulait rien changer à son testament, qui était fait.

Domenica, au contraire, accueillit sa tante inconnue à bras ouverts ; on eût dit qu'elle voulait la consoler à force de caresses.

C'était une rose d'Orient que cette chère Domenica, jolie et belle à la fois. Elle avait l'adolescence épanouie des vierges du soleil levant. Les richesses de sa taille dénonçaient déjà la femme, tandis que son sourire, tout plein encore de joies enfantines éclairait la maison triste comme un rayon du matin.

Domenica avait pour témoins de son mariage un Comnène et le fils aîné de la duchesse Junot d'Abrantès qui sortait aussi, par les femmes, de souche impériale grecque.

Giammaria de Sampierre avait de son côté le Moldave Courtenay et Rohan-Rohan de Hongrie. Il était, en outre, assisté par un très jeune homme, seul membre de sa famille : Giambattista, comte Pernola, des marquis de Sampietri de Sicile.

Il sera beaucoup parlé de ce jeune homme dans notre histoire.

Le marquis de Sampierre, nous devons le dire tout de suite, était presque aussi riche que sa fiancée et beau comme elle était belle. Sa tête avait la noble régularité du type florentin. Parfois, dit-on, la lame manque dans ces superbes fourreaux d'Italie.

Il passait pour un jeune cavalier de conduite irréprochable. Il était doux, froid, réservé jusqu'à la timidité et très savant.

Ses yeux, qui avaient l'éclat du cristal, ne soutenaient pas bien le regard.

Ce joli petit comte Pernola, son cousin, baissait aussi les paupières volontiers, mais c'était pour mieux voir.

Le 17 mai 1844, au premier coup de la deuxième heure, Mgr l'archevêque patriarche de Bucharest commença sa messe devant l'autel grec. Domenica et le marquis de Sampierre y furent mariés selon le rite schismatique...

Tout de suite après l'*Ite missa est*, le prélat s'approcha du lit où Michel Paléologue s'était tenu sur son séant, et lui dit en prenant congé, car sa tâche était accomplie :

— Ami, vous êtes chrétien et vous priez Dieu chaque jour de vous pardonner vos offenses comme vous pardonnez à ceux qui vous ont offensé. En mourant, votre fils aîné Constantin a laissé une pauvre orpheline : c'est le sang des empereurs.

— C'est le fruit du péché, rectifia le vieillard inflexible.

— Cette jeune Laura-Maria est, dit-on, bien belle et dans une position indigne de vous.

Le bonhomme répondit, avec colère, cette fois :

— Que m'importe cela ? Je viens de marier la fille légitime de mon second fils à l'homme le plus riche qui soit en Europe !

Il y eut une nuance de pitié dans le soupir du prélat qui se retira sans rien ajouter.

A onze heures, l'autre prélat, Mgr l'évêque de Sinope *(in partibus infidelium)* monta à l'autel catholique pour consacrer de nouveau l'union des jeunes époux.

Quand la seconde messe fut finie, le bonhomme Michel dit aux mariés :

— Dans le monde entier, il n'y a personne de si riche que vous. Michela reste pauvre parce qu'elle m'a désobéi. Au cas où quelqu'un viendrait vous implorer, disant : « Je suis le bâtard ou la bâtarde de Paléologue », fermez l'oreille et la main. C'est péché de soutenir le péché. Adieu. Voyagez pendant un mois. Quand vous reviendrez, je vous aurai fait de la place ici-bas.

Ayant ainsi parlé, il se retourna vers sa ruelle.

Le lendemain, il n'y avait plus que lui dans la grande maison vide.

Huit jours après, le 25 mai, un médecin fut introduit dans la chambre à coucher du bonhomme.

C'était la première fois qu'il recevait pareille visite.

Et c'était le médecin des morts.

Au convoi, très simple, mais suivi par un bon nombre d'équipages armoriés où il n'y avait personne, une jeune fille de quinze ans, remarquablement belle, marchait à pied derrière le char.

Elle portait le grand deuil, mais elle ne pleurait pas.

Un homme de tournure grave l'accompagnait.

Le vieux valet de Paléologue la salua tristement.

Parmi les curieux qui regardaient passer le cortège, il y en eut deux ou trois pour reconnaître en elle la jeune somnambule Maria-Laura et son « cornac », le docteur Philippe Strozzi.

II

Laura-Maria

Cette petite fille qui suivait le convoi solitaire du prince Michel était juste du même âge que l'heureuse Domenica. Elle était aussi belle que Domenica : plus belle. Au-dessus de Domineca, elle avait en outre l'intelligence et la volonté.

Son enfance avait été misérable ; sa jeunesse était la bataille de celles qui vivent d'aventures.

Elle faisait le métier de somnambule auprès d'un docteur de hasard qui la traitait avec un respect théâtral devant sa clientèle, mais qui la battait dans le tête-à-tête.

Qui l'avait battue, du moins, beaucoup et longtemps, jusqu'à un certain jour où la petite, sans récriminer ni se plaindre, le mordit d'un coup de stylet entre les deux yeux.

Le docteur garda la cicatrice toute vie et ne battit plus jamais.

A l'époque du mariage de Domenica et de M. le marquis de Sampierre, Laura et son docteur Strozzi donnaient des consultations à Paris où la beauté remarquable de la jeune somnambule commençait à produire son effet.

Depuis lors, M. et Mme de Sampierre voyageaient.

Strozzi abandonna son cabinet et se mit à voyager aussi, les suivant pas à pas avec sa pupille.

M. de Sampierre, véritable marquis de Carabas, avait son palais dans chaque ville principale d'Italie.

Les Strozzi, eux, logeaient partout à l'auberge.

Mais au bout de quelques jours invariablement, un bruit naissait qui établissait de mytérieux rapports entre le palais de M. de Sampierre et l'auberge des Strozzi.

On disait que l'opulente marquise et la pauvre somnambule avaient dans leurs veines le même illustre sang, et que, de fait, sinon de droit, cette belle Laura-Maria était aussi une princesse Paléologue.

Un peu plus de deux ans après l'étrange cérémonie que nous avons décrite aux premières lignes de ce prologue vers la fin d'août 1846, les Sampierre et Strozzi étaient à Milan; les Sampierre installés royalement au palais Sampietri, avec leurs nombreux domestiques et le joli petit comte Pernola qui ne les quittait pas plus que leur ombre; les Strozzi campés à l'hôtel des *Trois Anglais*, avec un gros garçon du pays basque, à la fois compère et valet, qui répondait au nom de François Preux et qu'on payait tous les trente-deux du mois.

Cela ne le maigrissait pas : il avait ses industries.

C'était le matin. L'hôtel des Trois Anglais, que vous chercheriez en vain dans le *Guide du voyageur en Italie*, est une pauvre bicoque, ouvrant ses fenêtres sur une ruelle du quartier populaire de San Lorenzo.

Le Strozzi était déjà debout et arpentait la chambre étroite en fumant sa cigarette, mais Laura-Maria dormait encore. Sur sa couche presque indigente, un rayon oblique éclairait la splendeur de sa beauté.

Elle était encore plus merveilleusement jolie que belle, et l'harmonie exquise de ses traits souriait comme un délicieux rêve dans les masses de ses cheveux qui baignaient l'oreiller.

Quelquefois la physionomie parle, même dans le sommeil. Celle de Laura-Maria se taisait. Le regard, en la contemplant, percevait seulement cette saveur que dégage tout chef-d'œuvre.

La porte s'ouvrit sans qu'on eût frappé. La taille courte et replète de François Preux, le valet, se montra sur le seuil. Il portait un paquet assez volumineux sous son bras.

— C'est pour tantôt, dit-il en déposant le paquet sur une table. Le petit comte Pernola est un malin singe. Il offre cent louis pour l'affaire de la cathédrale, deux cents pour le coup de couteau, et cent mille francs à Paris, dans trois mois, si tout va bien. Comme cela, notre Maria aura toujours un petit morceau de la fortune de ses pères.

— Et les deux messieurs de Tréglave ? demanda Strozzi.

— Une paire de beaux gars, ceux-là! répondit Preux qui se frotta les mains. Et amoureux! Ça fait plaisir à voir! Dès ce matin, le vicomte Jean était déjà à rôder autour du palais Sampiétri, et son jeune frère M. Laurent est installé ici en face, derrière ses rideaux pour regarder la fenêtre de Maria. Le plus drôle, c'est qu'ils s'accusent mutuellement de folie. C'est Castor et Pollux pour l'amitié, mais ça ne les empêche pas de se chamailler. Laurent de Tréglave demande à son frère où peut le mener un pareil amour pour une femme mariée et surveillée par un tas de millions qui vous ont des yeux!... Le vicomte Jean riposte en disant : Je ne veux pas que tu épouses une aventurière, une somnambule...

— Tu n'as pas parlé au vicomte Jean? interrompit Strozzi.

— Si fait! Il faut bien que je prenne mes gages quelque part : Il m'a donné le portrait de Victor-Emmanuel sur une pièce de vingt francs.

— Pourquoi faire?

— Pour porter un poulet à la jolie marquise, parbleu!

— L'as-tu remis?

— Oui, au Pernola, comme les autres. Et voilà pourquoi la chose est pour ce soir, puisque j'ai porté la réponse de Mme la marquise à ce benêt de vicomte Jean.

— La réponse était de Pernola?

— Naturellement... La marquise y promet d'assister, ce soir, au salut de la cathédrale, voilée *à maschera*, robe grise garnie de dentelles noires. Vous pouvez visiter.

Strozzi dénoua le paquet qui contenait une élégante toilette de femme en taffetas gris-perle avec des volants de point noir de Chantilly.

— Va déjeuner, dit-il. C'est bien joué, tu auras ta part.

François Preux sortit.

Quand le docteur se retourna vers le lit, la belle jeune fille était éveillée. Elle regardait la robe qui était élégante et parisienne au suprême degré. Ses yeux brillaient.

— Je rêvais justement de cela, murmura-t-elle, et de Laurent.

Strozzi se mit à rire.

Laura-Maria sauta hors de sa couche, arrangea en un tour de main le magnifique désordre de ses cheveux et passa la robe. Ce fut rapide comme un escamotage.

— Quelle comédienne tu ferais! pensa tout haut le docteur.

C'était un garçon d'une trentaine d'année, l'air grave et portant haut : un assez beau charlatan à la douzaine. Mais vous en avez tant vu tout le long du boulevard que j'aurais honte de vous attarder à lire cette vulgaire photographie.

Maria, à la bonne heure! Il me faudra vous la peindre dix fois plutôt qu'une, en buste, en pied, de face et de profil. Ce n'était pas, celle-ci, la femelle de Fontanarose; c'était l'arme vivante et choisie : la femme de combat qui, toute bardée de vaillance, de cruauté et de beauté, taille sa route dans la foule, comme le mineur éventre le roc.

Elle était déjà debout devant la pauvre glace qui pendait à la muraille nue. Elle se regardait avec une naïve admiration et sa voix trembla légèrement pendant qu'elle disait :

— Je voudrais que Laurent me vît ainsi !

— L'aimes-tu ? demanda Strozzi qui fronça le sourcil.

Au lieu de répondre elle dit en souriant :

— Et c'est cette lourde fille du Danube, cette Domenica qui est marquise et princesse ! Moi je ne suis que belle !

En prononçant ce dernier mot, elle se retourna, rayonnant un charme si puissant que Strozzi devint pâle et resta comme ébloui.

— L'aimes-tu ? répéta-t-il en baissant la voix malgré lui.

Elle garda encore le silence. Sa prunelle éclatait, limpide et dure comme le diamant.

— Je suis fou ! murmura Strozzi, tu n'aimes que toi et tu fais bien. Parlons affaires : Je vais t'apprendre ton rôle de ce soir, si tu veux.

— Je sais mon rôle, répliqua cette fois la belle fille. Je ne dormais pas, j'ai entendu. Je hais Domenica parce qu'elle m'a fait l'aumône.

Tout à coup, elle prêta l'oreille. Un pas montait l'escalier.

La riche toilette fut dépouillée avec la même rapidité féerique, et pendant que le docteur la serrait vivement, Maria passa la jupe courte et la simple basquine qui étaient son négligé ordinaire du matin.

Elle était de celles qui gagnent à tout changement et qu'on s'émerveille de trouver plus jolies, toujours, soit qu'on les couvre de parures, soit qu'on emprisonne sous l'humble cotonnade le miracle de leur beauté,

On frappa timidement. Maria s'assit sur le pied de son lit et ajouta tout bas :

— Je hais aussi Jean de Tréglave.

— Pourquoi? demanda Strozzi.

— Parce que je l'aurais peut-être aimé.

Elle reprit en élevant la voix :

— Entrez, Laurent de Tréglave. *Je dors.*

Un jeune homme à la physionomie ouverte et loyale, franchit aussitôt le seuil. Il serra la main du docteur et baisa celle de Maria avec un respect ému. Celle-ci dit :

— Nous nous occupions de vous. Le docteur me reproche d'avoir sans cesse la même pensée.... ne m'interrompez pas : je suis lucide. Votre frère Jean est menacé d'un grand danger. Si vous faites tout ce que je vais vous ordonner, vous le sauverez. Avez-vous confiance en moi?

Laurent de Tréglave, qui avait pâli terriblement, mit la main sur son cœur, et répondit :

— Comme en Dieu !

III

DEUX COUSINS

Ce même jour, vers cinq heures de l'après-midi, M. le comte Pernola tenait compagnie à M. le marquis de Sampierre, son riche cousin, dans le cabinet de travail de ce dernier. C'étaient deux jolis italiens, aux yeux brillants comme des billes de jais, à la peau blanche et lustrée, et coiffés tous les deux de soie noire. Vous eussiez dit qu'il y avait du vernis sur leurs sourcils.

On ne compte pas en Europe beaucoup de familles qui puissent le disputer à ces Sampiétri pour la noblesse et la richesse. Ils portent dans leurs armoiries les clefs de Saint-Pierre, parce qu'ils descendent en directe ligne (disent-ils) du prince des apôtres. Leurs domaines couvrent la Sardaigne, le pays de Catane, en Sicile, le royaume de Naples et les États de l'Église.

Le père de M. le Marquis s'était fait naturaliser français en 1820 lors de la révolution du Piémont. La branche à laquelle appartenait Pernola était restée sicilienne.

M. le marquis avait un peu plus de trente ans. Son visage était sérieux et doux. Il avait grand air, mais à la façon d'Italie, qui sent toujours un peu son théâtre. Au premier coup d'œil, vous l'eussiez pris pour un homme d'intelligence supérieure et de vaste volonté. Au second, je ne sais trop. L'éclat de son regard gênait et inquiétait. Son vaste front sonnait le vide.

M. le comte atteignait à peine sa vingtième année. Il était plus sérieux encore et plus doux. On l'avait pris plus d'une fois en sa vie pour une gentille fillette bien sage, déguisée, je ne sais pourquoi, en cavalier. Au séminaire de Rome, où il avait étudié pour être abbé, il possédait, au dire de plusieurs, une excellente réputation de candeur et de mignonne austérité. D'autres, il est vrai, prétendaient qu'on l'avait expulsé pour coquinerie.

En ce misérable monde, la calomnie s'attaque ainsi aux natures les plus angéliques.

Malgré son âge encore si tendre, ce cher petit comte Giambattista Pernola était le guide, le conseiller, le mentor, en un mot, de son grand cousin le marquis. Il le menait par le bout du nez, mais avec un religieux respect. Il avait ce redoutable don d'humilité qui, à la longue, transforme les domestiques en maîtres.

Le cabinet du marquis, large salle à l'ameublement sévère, restait froid malgré la brûlante chaleur qui régnait au dehors. Par les interstices des rideaux rabattus, on apercevait les beaux arbres d'un jardin.

Tout un côté du caractère du maître était révélé par les objets qui l'entouraient : un grand piano, chargé de musique savante dont les cahiers laissaient lire çà et là les noms de Reicha, de Porpora et de S. Bach, un bureau couvert de livres de philosophie, de mathématiques et de médecine, des instruments de physique, une statuette ébauchée, une toile sur son chevalet, présentant l'esquisse d'un portrait de la marquise, avec un petit enfant dans ses bras.

Sur trois côtés de la pièce, une bibliothèque régnait ; deux pupitres à hauteur d'homme soutenaient des atlas ouverts : l'un de géographie, l'autre d'anatomie, et une énorme sphère céleste tournait son pivot entre les deux croisées. Une portière à demi soulevée laissait voir l'intérieur d'une chapelle.

Le comte Pernola, en costume de ville élégant et même assez coquet, était assis auprès du piano. Il tenait à la main une lettre dépliée et semblait la lire fort attentivement. M. de Sampierre se promenait de long en large, vêtu d'une dalmatique de velours noir qui était sa robe de chambre. Il s'arrêtait de temps en temps, soit devant la statuette, soit devant le portrait, donnant un coup d'ébauchoir à l'une, un coup de pinceau à l'autre. Quand sa route le rapprochait du piano, il frappait quelques accords et prenait le soin de les noter ensuite religieusement.

Un bruit d'éclats de rire monta du jardin. M. le marquis entr'ouvrit les rideaux d'une croisée et vit un spectacle charmant. Domenica toute brillante de jeunesse et de gaieté jouait avec son fils, le petit comte Roland qui riait dans ses atours enfantins. Ils étaient tous les deux, la mère et son baby, sur une miniature de char valaque avec ses quatre roues égales et sa barre d'avant-train peinte en rouge, où une belle fille aux cheveux noirs, enveloppée dans une mousseline flottante, jouait le rôle du cocher, crânement posée en équilibre. Deux poneys-bijoux traînaient au galop cet équipage sur le sable d'une longue allée.

Et la marquise Domenica, serrant dans ses bras son *bambino* tout rose criait, plus divertie que le Jésus lui-même :

— Galope, Phatmi ! n'aie pas peur !

M. de Sampierre soupira et regarda le ciel.

— Dieu m'a comblé ! murmura-t-il. Dans l'art comme dans la science, je suis un maître. Fortune sans pareille, noblesse sans rivale, la plus adorable des femmes...

— J'ai lu, dit le joli comte Pernola.

— Et le modèle des amis ! acheva M. de Sampierre d'un ton pénétré.

Pernola reprit de sa douce voix qui eût fait les délices de la chapelle Sixtine :

— Je ne vois rien de mal dans cette lettre.

M. de Sampierre eut un sourire et répondit :

— A votre âge, Battista, vous ne pouvez lutter de pénétration avec moi.

— Quand même je vivrais cent ans, répliqua le comte, je resterais toujours votre inférieur. Je vous demande la permission de parler avec franchise, Giammaria : vous avez eu tort de soustraire cette lettre. Ma chère, ma noble cousine ne mérite pas vos soupçons.

M. de Sampierre vint s'asseoir auprès de lui. Il prit la lettre qui était signée Michela, princesse d'Aleix, et lut à haute voix :

« Chère Domenica,

« Je n'ai plus que vous, Dieu m'a pris ma pauvre petite Carlotta ; je vous aime comme si vous étiez ma fille. J'ai passé près de vous quinze jours bien heureux, et pourtant, j'ai emporté de votre maison une inquiétude : votre mari est jaloux... »

— C'est le tort que vous avez, interrompit Pernola avec une certaine sécheresse : le grand tort !

M. de Sampierre lui adressa un signe de tête caressant.

— Vous êtes un généreux cœur, Battista, dit-il, mais Mme la princesse d'Aleix en sait plus long que vous. Elle écrit comme une femme. Moi, je comprends sa pensée secrète à travers les lignes. Écoutez seulement.

Il continua sa lecture :

« Votre mari est jaloux. Savez-vous pourquoi ? C'est qu'il ne peut voir en vous qu'une jeune fille portant un enfant dans ses bras. Éveillez-vous, devenez femme, aimez celui qui a droit à votre amour, et le bonheur entrera dans votre maison. »

— Ce sont des mots ! fit Pernola qui haussa les épaules. Comment Domenica ne vous aimerait-elle pas? Y a-t-il au monde un homme plus digne que vous d'être aimé?

M. de Sampierre replia la lettre et la serra dans son portefeuille.

— Ma supériorité me fait peur quelquefois! murmura-t-il noblement.

Il ajouta d'un air soucieux :

— Et encore, Mlle la princesse d'Aleix paraît ignorer l'existence de ce Jean de Tréglave!

— Que vous importe celui-là! s'écria le petit comte avec une colère très bien jouée, j'ai interrogé les anciens valets de Paléologue, car mon dévouement pour vous me conduit à des actes indignes de mon caractère; j'ai interrogé Phatmi, la Tzigane, qui était autrefois la bonne de Domenica et qui est maintenant sa première femme de chambre; j'ai interrogé le serbe Pétraki, mari de Phatmi, et qu'ai-je appris? Rien! Le prince Michel habitait à Vienne le palais Esterhasy. Les fenêtres du consultat de France donnaient sur les jardins du palais. Les deux fils du consul, qui était M. de Tréglave, regardaient jouer l'enfant, et l'enfant leur souriait quelquefois. Elle avait dix ans! depuis lors, rien.

M. de Sampierre tenait maintenant les yeux baissés, et ses sourcils étaient contractés violemment.

— Domenica devrait m'adorer, dit-il après un silence, accordez-vous cela?

— Certes.

— Eh bien! elle ne m'adore pas... je crains cet homme.

— Un gentillâtre! s'écria Pernola, un Jean de Tréglave! un employé d'ambassade qui n'a pas le sou!

— Je l'ai trouvé à Rome au lendemain de notre mariage, prononça lentement le marquis. Je suis allé à Naples, je l'y ai trouvé. J'ai quitté l'Italie. Quinze jours après notre arrivée à Genève, j'ai lu son nom sur le registre de l'hôtel de Berghes. Alors j'ai traversé d'un temps toute l'Allemagne, j'ai acheté le palais de Kaunitz, à Dresde, et j'ai rencontré cet homme dans ma rue, avant même d'en avoir fini avec mes tapissiers. J'ai vendu mon palais; j'ai voulu fuir jusqu'à Bucharest! J'avais pour prétexte mon désir de visiter les domaines de Paléologue. Je m'embarquai à Vienne sur le Danube : cet homme m'attendait au passage à Pesth. Je m'arrêtai, puis je changeai de route : je gagnai Venise par Triest. C'était hier cela! je me trouvái face à face avec lui devant le tombeau de Catherine Bornaro... Je suis très brave, personne ne l'ignore...

— Pas un mot de plus! interrompit le petit comte. Je vous mépriserais si l'idée vous était venue jamais de croiser l'épée avec ce hobereau!

— L'idée ne m'en est pas venue, répondit franchement M. de Sampierre, puisque me voici à Milan. Mais je crois avoir montré assez de patience, et s'il me poursuit jusqu'à Milan, malheur à lui!

On gratta à la porte. Un grand garçon portant le costume serbe entra. Il tenait à la main un plat de vermeil.

— Qu'est-ce, Pétraki ? demanda le comte.

— Une lettre pressée pour le maître.

M. de Sampierre la prit et l'ouvrit. Aussitôt que son regard eut touché la première ligne, il pâlit.

— Va, dit-il à Pétraki. Fais atteler. Mon cousin Pernola va sortir.

Puis, se tournant vers le comte, il ajouta d'une voix tremblante :

— Avez-vous remarqué la robe que portait hier madame la marquise de Sampierre ?

— Taffetas gris, dentelles noires, répondit Pernola d'un air innocent : une merveille d'élégance ! Ma cousine l'avait reçue le matin même de Paris.

— Saviez-vous que madame la marquise eût assisté hier aux vêpres de la cathédrale ?

— Non, mais qu'importe cela ? Et pourquoi vais-je sortir, s'il vous plaît ?

— Connaissez-vous... ou croyez-vous que vous pourriez trouver sur-le-champ un homme sûr ?

— Quel genre d'homme sûr ?

— Le vicomte Jean de Tréglave est ici, dit M. de Sampierre à voix basse, au lieu de répondre.

— J'ai l'homme, dit Pernola froidement.

Le marquis lui tendit la main et reprit :

— Le salut de la cathédrale est à huit heures. Avez-vous le temps de prendre vos mesures ?

— J'ai le temps. Mais souvenez-vous de ceci :

L'agneau n'est pas complice du loup qui rôde autour de la bergerie, Domenica est pure comme les anges de Dieu. Vous êtes mon parent, mon ami, mon bienfaiteur et mon maître; je vous appartiens, Giammaria, contre l'univers entier, mais n'attaquez jamais votre femme, car je la défendrai!

— Même contre moi, Battista?

— Même contre vous!

M. de Sampierre l'attira sur sa poitrine et l'y pressa en murmurant :

— Cœur d'or!

Puis il ajouta :

— Prenez deux hommes plutôt qu'un, et fournissez-leur de bonnes armes.

IV

LA ROBE GRISE

Le jour allait déjà baissant dans les jardins de Sampietri. Domenica, fatiguée de jouer, s'était assise sous un platane et berçait le petit Roland endormi. Phatmi, la belle tzigane aux formes masculines, à la lèvre ombragée de duvet, se couchait sur l'herbe aux pieds de sa maîtresse.

Domenica était jolie comme les petits Amours qui voltigent parmi les fleurs dans les tableaux du temps de Louis XV. Sur ce front d'enfant aux blancheurs rosées il n'y avait pas place pour la pensée du mal. Ce qui frappait en elle, c'était une molesse gracieuse et un peu ennuyée, avec cette candeur d'espèce particulière qui se rencontre, dit-on, au sérail. C'est le repos absolu et l'ignorance profonde, enveloppés dans cette ouate morale qui a nom l'inertie.

Volontiers eussiez-vous pris cette chère Domenica pour la sœur aînée du petit qui souriait entre ses bras.

M. de Sampierre aurait donné beaucoup pour savoir ce qu'elle disait à Phatmi, qui l'écoutait d'un air distrait. Il était à son poste, M. le marquis, derrière les rideaux, interrogeant d'un œil avide le mouvement paresseux et lent des lèvres de Domenica, dont les beaux yeux se fermaient à demi.

S'il avait su !... Entre ces fraîches lèvres un nom passait : justement le nom qu'il redoutait le plus !

Domenica disait, mais en réprimant une légère envie de bâiller qu'elle avait :

— C'est danser que j'aimerais : je n'ai jamais été au bal ; à quoi me sert d'être si riche ? Mon cousin Pernola ne doit pas bien danser, mais Jean de Tréglave, par exemple !...

— Est-ce que vous pensez à lui quelquefois, maîtresse ? demanda Phatmi, qui souriait bonnement.

— Oui, quelquefois. Je m'amusais mieux dans ce grand jardin d'Esterhazi quand il était à sa fenêtre avec Laurent. Je n'ai plus revu Laurent, mais le vicomte Jean nous suit partout. Je crois qu'il est amoureux de moi.

Cette fois, elle bâilla tout à fait. La Tzigane garda le silence. Domenica reprit :

— Elle est donc bien malheureuse, cette Laura-Maria ? Il faudra lui porter encore de l'argent. Princesse Michela dit qu'elle est peut-être ma cousine. J'ai perdu la lettre où Michela me recommandait d'aimer beaucoup, beaucoup M. de Sampierre... Tiens, voilà que je pense à danser !

Ses paupières battaient.

— Et au vicomte Jean ? murmura Phatmi, qui riait tout à fait.

— Oui, balbutia Domenica dont la tête charmante

se renversa sur son épaule : justement. Je n'ose pas demander à M. de Sampierre qu'il me mène au bal. Ce serait drôle de le voir danser, lui M. de Sampierre...

Elle dormait. Petraki se montra sous les arbres. Il était depuis peu le mari de la grande Phatmi, et il avait la taille voulue pour cela.

— Ce soir, dit-il, à l'Arène, il y acourse de carosses aux flambeaux. La Domenica s'y amuserait comme une reine !

M. de Sampierre n'était plus à la croisée. Il avait repris sa promenade de long en large et relisait la lettre que Petraki lui avait remise tout à l'heure. Elle était d'une écriture de femme et disait :

« Marquis, tu es plus vieux que tes trente-cinq ans. Le sais-tu ? Ta femme avait hier, aux vêpres du Dôme, une délicieuse robe de Paris : l'as-tu vue seulement, toi qui ne vois rien ? La marquise remettra cette robe pour venir au salut, ce soir, parce que le vicomte Jean lui a dit : elle vous va bien. »

Huit heures sonnant, M. de Sampierre traversait à pied la place de la cathédrale, appuyé sur le bras du comte Pernola. Ils marchaient lentement, le nez dans leurs manteaux. La nuit était tout à fait tombée.

— Le bonheur de ma cousine Domenica, disait le comte, doit susciter bien des jalousies. Toutes les femmes voudraient être à sa place. Ce n'est qu'une lettre anonyme.

— Vous avez beaucoup de bonté, Battista, répliqua le marquis. Je crois, en effet, que la position de Mme la marquise excite quelque envie, et il y a de quoi ; je suis calme, très calme ; je vais juger par mes yeux.

— Je parie, s'écria Pernola en s'arrêtant brusquement, que ma noble cousine est en ce moment à la maison, souriant au sommeil de son cher enfant !

— Il se peut, Battista. Je l'espère. Entrons et nous verrons.

Les sons de l'orgue, passant à travers les hautes fenêtres, arrivaient jusque sur la place. Les deux cousins franchirent le seuil et aussitôt que Pernola eut offert l'eau bénite, M. de Sampierre se prosterna sur les dalles avec une majestueuse humilité.

Il admettait la grandeur de Dieu comme étant supérieure même à la sienne propre, mais il pensait que le ciel devait lui tenir compte de cette concession, et sa prière sous-entendait invariablement cette pensée :

« Seigneur, quittez, s'il vous plaît, vos autres occupations pour m'écouter, car je suis M. le marquis de Sampierre. Vous ne pouvez me faire ni plus riche, ni plus noble, ni plus savant, ni plus grand, ni plus beau ; mais c'est égal, Seigneur, je n'ai point d'orgueil et me voici agenouillé comme le premier venu, pour entretenir les bonnes relations qui existent entre vous et moi. »

L'immense église de marbre était éclairée fort inégalement et les nefs latérales restaient presque vides, pendant qu'un noyau compacte se pressait aux environs du chœur où la Congrégation chantait le salut. Autour de cette foule pieuse, des curieux allaient et venaient, comme toujours en Italie.

Là-bas, chacun fait un peu comme M. de Sampierre et met quelque chose dans son oraison : des rendez-vous, par exemple. Dieu est si bon enfant, là-bas !

Les deux cousins faisaient en vérité contraste avec la frivole apparence des promeneurs qui entouraient la Congrégation. M. de Sampierre, pénétré des bontés qu'il avait pour l'Eternel, se drapait dans son recueillement de première classe, et Pernola le suivait, si fervent et si doux qu'il lui poussait une auréole autour du front.

— Battista, dit le marquis en approchant du chœur, ayez la bonté de regarder à droite pendant que je veillerai à gauche.

— C'est pour vous obéir, Giammaria, répondit l'excellent petit comte, ni vous ni moi, nous ne verrons rien.

Ils regardèrent tous les deux. Le marquis ne vit rien, en effet, mais Pernola avait l'œil d'Italie, bien supérieur, quoi qu'on dise, à l'œil américain. Du premier coup, il distingua les profils d'un cavalier de grande taille, dissimulé dans l'ombre d'un pilier, dans la nef transversale où est le tombeau de Médicis.

C'était un beau jeune homme et un solide gaillard. L'élégante sévérité de sa mise le dénonçait français. Il attendait, adossé au marbre de la colonne et semblait rêver. Il était immobile comme une statue.

Pernola sourit, mais non point dans sa barbe,

car il avait la joue plus lisse que Ganymède. Il garda pour lui la satisfaction sincère qu'il éprouvait en reconnaissant que ce beau cavalier était bien le vicomte Jean de Tréglave.

Mais il fallait deux personnages pour la comédie complotée. La dame manquait encore.

— Je n'ai rien vu, dit M. de Sampierre, et vous ?

Pernola répondit :

— Je vous l'avais dit d'avance, j'étais certain de ne rien voir.

M. de Sampierre l'eût embrassé de bon cœur.

— Me voilà qui espère malgré moi... commença-t-il.

— Vous savez, interrompit Pernola, je tiens toujours mon pari. J'ai foi aux anges, moi !...

Il s'arrêta si brusquement que le marquis eut un choc.

Une femme sortait de l'ombre qui emplissait le bas-côté. Sa démarche était timide et toute gracieuse. Un voile épais lui couvrait le visage. Elle portait une de ces robes chiffonnées à la parisienne et qui se reconnaissent si bien, surtout quand on est loin de Paris. La robe était en taffetas gris avec des volants de dentelle noire.

M. de Sampierre pesa avec force sur le bras de Pernola, qui demanda innocemment :

— Qu'avez-vous mon cousin ?

Le marquis ne répondit pas tout de suite. Sa poitrine râlait et il avait les yeux d'un fou.

— Ne la voyez-vous pas ? balbutia-t-il enfin : c'est elle ! je le jurerais !

Le petit comte fit mine de suivre le regard du marquis et courba la tête. Il peignait le découragement.

En dépassant le pilier, la robe grise toucha du doigt ses lèvres, à travers son voile. Le vicomte Jean se redressa. Il y avait dans sa pose nouvelle un doute et un étonnement.

La robe grise alla s'agenouiller près du tombeau de Médicis. Les lueurs de l'autel l'effleuraient. M. de Sampierre dit pour la seconde fois :

— C'est elle ! J'en suis sûr !

Il avait peine à se soutenir.

Le bon petit comte semblait plus malheureux que lui.

Au bout d'une minute, la robe grise se releva et marcha vers la porte latérale, ouverte à gauche du chœur. Un second signe avait été échangé entre elle et le vicomte Jean, qui s'ébranla enfin.

Ce fut lui qui donna l'eau bénite.

— Courez ! s'écria le marquis dont les doigts convulsifs s'incrustèrent dans la chair de Pernola : Courons !

— A quoi bon ? demanda ce dernier.

— Donnez vos ordres sur-le-champ ! je le veux !

— Ils sont donnés.

— Pouvez-vous répondre...?

— Je réponds de tout ! interrompit Pernola avec résolution. Je ne croyais pas ; Dieu sait même que je doute encore, malgré le témoignage de mes yeux ! mais vous avez ordonné, j'ai obéi ; tout est réglé :

Celui qui vient de tremper ses doigts dans le bénitier est un homme mort.

En ce moment, la robe grise sortait de la cathédrale et le vicomte Jean disparaisssait derrière elle.

V

PER LA SANTITA DEL SACRAMENTO

Quand le vicomte Jean de Tréglave fut hors de l'église, il vit la femme voilée qui glissait rapidement sous les lueurs du gaz et qui était déjà à plus de vingt pas de lui.

Elle allait dans la direction de la place des Tribunaux, mais elle tourna court au coin de la rue étroite et tortueuse qui passe derrière le Théâtre-Roi, pour conduire au Casino des marchands.

Dans cette rue, sous le premier réverbère, une voiture stationnait, dont la portière était ouverte.

Un instant, le réverbère éclaira vivement la robe grise qui courait tout éperdue et qui se lança dans la voiture.

Ce mouvement fit flotter le voile.

Jean de Tréglave ralentit sa course, comme si un doute fût entré en lui.

Mais juste à ce moment, et comme il passait devant une noire allée, il tomba, frappé d'un coup de stylet à la hauteur du cœur, par derrière.

Une voix sortit de la nuit, et dit :

— *Par la santita del sacramento!* (Pour la sainteté du mariage.)

Et la porte de l'allée se ferma.

La rue était déserte.

La voiture où la robe grise venait d'entrer n'avait pas bougé. Pendant une minute, Jean de Tréglave resta couché en travers de la rue, immobile et baigné dans son sang.

Au bout de ce temps, le cocher de la voiture, gros homme qui ressemblait fort à François Preux, le valet du ménage Strozzi, descendit de son siège, vint s'agenouiller auprès du corps du vicomte Jean, et dit après lui avoir tâté la poitrine :

— En voilà un qui a la vie dure !

— Il n'est pas mort ? demanda-t-on dans le carrosse.

Ce n'était pas une voix de femme.

En effet, le docteur Strozzi sauta sur le pavé au moment où quelques passants tournaient l'angle de la place des Tribunaux pour s'engager dans la rue.

Derrière lui, Laura-Maria sortit aussi de la voiture, où il ne restait plus rien que la robe grise, pliée avec soin dans le coffre.

Maria était maintenant vêtue de noir.

Quand les passants approchèrent, ils trouvèrent le docteur et Laura-Maria donnant les premiers soins. Un peu de foule vint, sortant on ne sait d'où, à l'odeur du sang, mais l'émotion ne fut pas très-grande, parce que ce n'était après tout que du sang français.

On aida à transporter le blessé dans la voiture, qui prit au pas le chemin de l'hôtellerie où logeaient les frères Jean et Laurent de Tréglave.

VI

DEUX CENT SOIXANTE-DIX JOURS

M. de Sampierre et le comte Pernola étaient restés dans l'église, à la même place. Au bout de quelques instants, le marquis se dirigea en silence vers la porte latérale par où le robe grise et Jean de Tréglave étaient sortis.

Le marquis prit et donna l'eau bénite avant de passer le seuil.

Mais une fois dehors, il fut obligé de s'appuyer au bras de Pernola. Tout son corps tremblait.

— Je vous prie de regarder pour moi, Battista, dit-il : je n'y vois plus.

— Je ne les aperçois ni l'un ni l'autre, répliqua le comte : ils ont eu tout le temps de s'éloigner.

— C'est vrai ! fit le marquis en un gémissement. Rentrons.

Le comte appela un brougham de place.

M. de Sampierre tomba sur le dur coussin et y resta sans mouvement.

— Au palais Sampietri ! ordonna Pernola.

— Auparavant, murmura M. de Sampierre, je voudrais voir l'homme mort.

Mais il se reprit aussitôt et ajouta :

— Non ! il faut que je m'assure de mon malheur. Rentrons.

On aurait pu l'entendre, un instant après, marmoter les versets latins du *De profundis*, à l'intention de « l'homme mort. »

Et quand ce fut fini il demanda :

— Vous pensez qu'on ne l'aura pas manqué, Battista ?

Pernola l'entourait de soins doux et presque féminins, mais cela ne l'empêchait pas de prendre ses précautions.

— Ne songez plus à ce malheureux, dit-il, son crime a été d'inquiéter un homme tel que vous, et, rien que pour cela, il a mérité son sort.

— Croyez-vous donc encore, s'écria M. de Sampierre, que Domenica n'est pas coupable ?

Pernola lui baisa la main et répondit :

— Souvenez-vous de mes paroles : Je crois qu'elle est à la maison, souriant au sommeil de son cher enfant.

Il faisait mieux que croire, il était sûr. Aussi, ajouta-t-il dans la perfidie de son apparente candeur :

— Si vous m'objectiez qu'elle a eu tout le temps de rentrer et de changer de costume, je vous répondrais...

— Je n'objecterai rien, fit M. de Sampierre qui était fort abattu. Que Dieu me pardonne si je me suis trompé ! J'achèterai pour cinq cents louis de messes à l'intention de ce malheureux jeune homme. On ne peut faire davantage, même pour un ami.

Ils arrivaient au palais. Aucune question ne fut adressée au concierge ni aux domestiques, mais ceux-ci virent bien que le regard de leur maître était fou.

Parvenu à la porte de l'appartement de sa femme, M. le marquis entra sans frapper.

La chambre à coucher était vide. Dans la *nutriceria,* il n'y avait que Mitza, la seconde femme de chambre, veillant sur le sommeil du petit Roland.

Ce fut le cher Pernola qui trembla, cette fois, sur ses jambes, tant sa surprise était profonde. Domenica n'était pas là. Où pouvait être Domenica ?

M. de Sampierre se tenait droit et froid. Sa main désigna la porte d'un geste roide. Pernola sortit précipitamment.

Mitza joignit les mains et tomba sur ses genoux ; et en effet le visage de son maître était effrayant à voir.

— Ne me tuez pas ! supplia-t-elle.

M. de Sampierre la releva et lui mit dans la main une pleine poignée de pièces d'or.

Mitza sauta de joie, mais elle dit :

— Pour or ni pour argent, je ne parlerai mal de la Paléologue !

— Elle est sortie ? demanda M. de Sampierre.

— Oui, avec Phatmi.

— Pourquoi est-elle sortie ?

— Eh bien ! elle s'ennuyait comme à l'ordinaire, pauvre agneau ! Elle voudrait tant se divertir et danser comme les autres. Ce n'est pas péché d'aller à l'Arène voir la course des carrosses.

— Elle était sortie hier déjà ?

— Pour faire ses dévotions : y a-t-il du mal à cela ?

— Non, certes. Quelle robe avait-elle, ce soir ?

Mitza fut reprise de toute sa terreur et répéta :

— Quelle robe ?

— Sa robe d'hier ? fit le marquis en insistant : la robe qui est arrivée de Paris ?

Mitza tomba à genoux.

— Je ne sais rien sur la robe ! s'écria-t-elle. Je vous en fais serment, ce n'est pas moi qui ai volé la robe !

M. de Sampierre n'avait plus d'argent sur lui. Il arracha la bague de diamant qui étincelait à sa main droite et la passa au doigt de Mitza stupéfaite.

Pernola attendait dans le cabinet. Il avait peur. L'absence de la marquise était pour lui une énigme. Il se précipita au devant de M. de Sampierre quand celui-ci rentra.

— Ce n'est peut-être rien, dit-il, je vous supplie de ne pas juger sur les apparences.

M. de Sampierre le repoussa. Il semblait avoir recouvré quelque calme, mais sa pâleur était livide,

— Ce n'est rien, en effet, prononça-t-il très bas. Il est juste qu'elle se divertisse. Je veux qu'elle danse, Battista, c'est de son âge.

Battista écoutait bouche béante, comme un homme qui croit rêver,

M. de Sampierre traversa la chambre pour gagner

sa chapelle où il s'agenouilla. Il resta ainsi longtemps, priant et se frappant la poitrine.

Quand il se releva, il gagna son bureau d'un pas grave.

— C'est à Paris qu'on danse, reprit-il, Battista, nous irons à Paris.

Et comme le jeune comte cherchait en vain réponse à ces étranges paroles, M. de Sampierre poursuivit en fixant sur lui ses yeux qui rayonnaient un morne éclat :

— Elle dansera. Dieu m'a parlé. La robe a été volée. Elle dansera tant qu'elle voudra. Raisonnons. C'est hier seulement qu'ils ont pu se voir. Aujourd'hui, quand même ce serait elle, cette femme de la cathédrale, vous savez bien que le temps leur aurait manqué pour mal faire.

Il trempa sa plume dans l'encre et ouvrit un agenda.

— Je ne vous comprends pas, Giammaria, murmura le jeune comte.

— En conséquence, continua M. de Sampierre, j'inscris la date d'hier, 26 août 1846. C'est la vraie... la seule ! Je vous dis que Dieu m'a parlé.

Il écrivit cette date sur l'agenda et reprit :

— Je compte maintenant deux cent soixante-dix jours, ce qui nous mène au 23 mai 1847. Est-ce juste ?

Pernola compta et répondit :

— C'est juste.

M. de Sampierre écrivit la seconde date et demanda :

— Comprenez-vous, maintenant ?

— Non, répondit Pernola.

M. de Sampierre se dressa de sa hauteur.

— Ma pensée va trop vite et trop loin, dit-il, vous ne pouvez la suivre. Je consens à m'expliquer, soyez attentif : L'homme est mort ; restent la femme et l'enfant qui peut naître...

— L'enfant !... balbutia Pernola stupéfait.

Il y eut un vague sourire autour des lèvres de M. de Sampierre. Son grand front avait comme une auréole de solennelle extravagance.

— Je n'affirme rien, acheva-t-il ; j'attendrai deux cent soixante-dix jours. C'est le terme assigné par la nature. D'ici là, je vous défends de faire allusion à ce qui s'est passé.

VII

RÈGLEMENTS DE COMPTES

Ces deux Tréglave, Jean et Laurent, étaient les fils d'une race de chevaliers. Ils avaient vu autrefois le troupeau joyeux de leurs frères et de leurs sœurs entourer leur mère adorée dans la maison de famille, toute pleine de bonheur,

Un jour, le deuil s'était glissé dans le vieil hôtel du faubourg Saint-Germain, qui portait leur nom. Une fois entré, le deuil ne sort plus. Jean et Laurent restaient maintenant seuls héritiers de toutes les tendresses qui vivaient jadis et jouaient autour du foyer paternel. Ils s'aimaient profondément.

Vers dix heures du soir, en cette même journée où M. de Sampierre avait fait ses dévotions à la cathédrale de Milan, le vicomte Jean de Tréglave était couché sur son lit d'auberge, inanimé et comme mort. Laurent, agenouillé à son chevet, cachait dans les couvertures son visage baigné de larmes.

Il venait de rentrer. Une indication erronée l'avait dirigé sur une fausse piste, et il montait la garde derrière les jardins du palais Sampietri, au moment où son frère était poignardé aux environs du Dôme.

Le docteur Strozzi et Laura-Maria s'empressaient autour du patient.

Un bruit se fit dans la pièce voisine, et François Preux, entr'ouvant la porte, montra sa grosse figure futée.

Il leva un doigt, Laura-Maria vint à lui. Il dit :

— C'est le Pernola qui apporte l'argent.

— Prenez l'argent, répliqua tout bas la belle fille, et renvoyez le Pernola.

— C'est que, reprit François Preux : il voudrait voir.

On a ce droit-là quand on paye. Maria hésita pourtant.

Mais ce ne fut pas long. Elle rabattit précipitamment son voile, passa le seuil et se trouva en présence du petit comte.

Les yeux de celui-ci, étincelants de curiosité, essayèrent de percer le voile. Il salua jusqu'à terre.

— Suis-je assez heureux et honoré, dit-il de sa voix la plus douce, pour me trouver en présence de la noble Maria Paléologue ?

— Oui, lui fut-il laconiquement répondu.

— Ne me sera-t-il point permis de reconnaître par moi-même cette ressemblance de famille qu'on dit si frappante ?

— Non, interrompit Laura-Maria.

Elle ajouta en ouvrant la porte grande :

— Ce qu'il vous importe de voir, le voici. Regardez.

La lumière de la lampe tombait sur les traits livides du vicomte Jean. Pernola eut un mouvement de femmelette effrayée.

Laura-Maria referma la porte.

Pernola, presque aussi pâle que ce mort qui gisait entre ses draps sanglants, atteignit son portefeuille et y prit un paquet de billets de banque qu'il tendit à Maria. Celle-ci les compta d'une main très ferme et dit :

— J'ai demandé cent mille francs. Ceci n'est qu'un misérable à-compte. Quand vous aurez tout payé, vous ne serez pas quitte encore.

Elle indiqua du doigt la sortie, et le joli petit comte prit congé avec toutes les marques du respect le plus soumis. Dans l'escalier ses dents claquaient.

Maria rentra et s'approcha du docteur Strozzi avec qui elle échangea quelques paroles à voix basse. Laurent de Tréglave restait abîmé dans sa douleur; il n'avait rien vu.

Tout-à-coup, il tressaillit et se retourna. La voix de Maria venait de s'élever dans le silence. Elle disait :

— Docteur Strozzi, écoutez-moi : je dors et je suis lucide. Je vais vous enseigner ce qu'il faut faire pour sauver le frère de celui que j'aime.

Laurent joignit les mains et voulut parler. Strozzi mit un doigt sur sa bouche. Il ouvrit sa boîte à médicaments. Maria, sans tâtonner, y choisit une fiole.

Après quoi, elle rabattit son voile, disant :

— Approchez cet élixir de ses lèvres.

Le docteur obéit, Maria ajouta :

— Ouvrez les yeux, Jean de Tréglave, au nom du Père, du Fils et du Saint-Esprit !

Les paupières du prétendu mort se soulevèrent à demi. Laurent se traîna sur ses genoux et baisa les mains de la belle fille en pleurant.

Pendant cela, le comte Pernola rentrait au palais Sampietri.

Il trouva M. le marquis de Sampierre assis à son piano et jouant un menuet de Mozart avec ce grand air de gravité qu'il mettait à toutes choses.

— J'ai vu, dit Pernola qui tremblait encore.

M. de Sampierre acheva les dernières mesures et demanda :

— Vous êtes sûr de ne vous point tromper ?

— Je suis sûr.

M. de Sampierre ajouta :

— Ne me parlez plus jamais de cet incident avant le délai que j'ai fixé. Nous partons demain pour Bade. On y danse et Domenica a envie de danser. C'est un plaisir innocent qui fut connu et honoré dès l'antiquité la plus reculée. Je deviendrai habile dans cet art comme en tout...

— Je voudrais, interrompit le jeune comte, vous dire quelques mots de cette Laura-Maria.

Mais M. de Sampierre lui imposa péremptoirement silence et reprit :

— Les femmes sont des enfants frivoles ; je donnerais des millions pour être aimé de Domenica. Vous écrirez à Paris demain, écrivez à l'instant même ! Que l'hôtel Paléologue soit restauré de fond en comble, Que tout y soit beau, riant, gracieux! Et qu'on se hâte! Nous y passerons l'hiver. Domenica dansera, Domenica m'aimera! Réglez les messes à dire pour le défunt, et trouvez-moi un professeur de danse.

VIII

EXTRAITS AUTHENTIQUES

Ce fut seulement au commencement de janvier 1847 que la princesse-marquise (on appela tout de suite ainsi notre Domenica) fit son apparition dans le monde parisien. Les travaux exécutés à l'hôtel Paléologue avaient pris les cinq derniers mois de la précédente année. Vous n'eussiez pas reconnu la vieille maison si triste. Elle était digne en tout maintenant de cette charmante Domenica.

On s'occupa d'elle beaucoup. Il y eut « sensation ». En écrivant, j'ai sous les yeux des journaux de l'époque et je demande la permission d'en citer quelques lignes choisies. Cela nous épargnera bien des pages.

Je commencerai par le *Miroir des salons*, où Mme la baronne de Vatenville rédigeait alors avec tant d'éclat les articles « élégants » :

« ... Il y a eu un début au premier bal de l'ambassade d'Autriche, plus qu'un début : un lever de soleil !

« Tous les autres astres pâlissaient, même la

ravissante duchesse de Dino, née de Sainte-Aldegonde (satin bleu, tablier de brocart d'argent, couronne de pensées, *sidérées* de diamants), même la blonde princesse de Beauvau, dont les toilettes sont comme ses yeux : indescriptibles ! même la duchesse d'Istrie (lilas senti profondément et relevé par des *imprévus* roses) ; même Mme la princesse de Chimay (Mlle Pellaprat) à qui on avait envie de tendre la main pour la retirer de son bain de pierreries. Heureusement qu'elle sait nager.

« Mais où étaient donc ces « messieurs » ? Auprès de Mme J. de Castellane, correcte comme un pli de la tunique de Rachel ? Non. Auprès de Mme de Nanzouty, la grâce habillée de poésies ? Non. Auprès de la duchesse de Praslin, dont le bonheur a comme un voile de tristesse ?

« Non, non, non, ces « messieurs » étaient ailleurs : le comte d'Orsay, le païen d'Althon-Shée, le chrétien Montalembert, M. de Châteauvillard, sir Lytton Bulwer, lord Seymour, Morny, le mystérieux, dont le brillant Walewski connaît seul la généalogie, tous les héros de la mode s'étaient tournés du côté de l'aurore...

— « Boréale ? Orientale plutôt. Est-ce une beauté ? Éblouissante ! Une fortune ? Absurde, impossible, écrasante ! Ces chiffres-là ne s'écrivent pas. On parle de huit zéros. Je dis *huit* en vous suppliant de n'y pas croire.

« L'âge ? Dix-huit ans. Le nom ? Il y en a deux : celui du premier pape avec celui des derniers empereurs d'Orient.

« Et de la grâce à pleines corbeilles ! Et de l'esprit ! Et de tout ! Jusqu'à de la naïveté !

« Vous jugez : le reste s'éclipsait. Il n'y en avait que pour la princesse Domenica Paléologue, marquise de Sampierre !

« Toute en tulle blanc sur satin pâleur (nouveau vert-d'eau de la maison Godonèche.) Par devant, rêves et bouillons en treillie, étoilé chacun d'une marguerite de diamants à cœur d'émeraude. Côtelures de petites émeraudes, le long des quilles, avec attaches de marguerites. Sa berthe n'était qu'une guirlande de fleurs en diamants. Dans ses cheveux noirs comme le jais, un feu d'artifice de pierreries. Théophile Gautier a dit : « C'est la symphonie en blanc-majeur ! » Cette créature de lumière semble respirer des rayons... »

Vous voyez que, dès cette époque reculée, le style n'était pas inconnu en France.

Voici, sur le même sujet, quelques « échos » du *Corsaire de Satan* :

« Ce qu'il y a de remarquable dans le genre de beauté de la princesse-marquise, c'est son air d'extrême jeunesse. Vous la prendriez pour une petite demoiselle très bien nourrie. Son mari porte assez haut ses millions, c'est un joli homme d'Italie.

« La charmante princesse, malgré son sourire enfantin, a déjà donné un héritier à monsieur le marquis. On la dit pour la seconde fois dans une position intéressante.

***

« On parle d'une grande fête orientale que la marquise Domenica doit donner, vers la fin du carnaval, dans les salons et jardins d'hiver de l'hôtel Paléologue. La chasse aux invitations a déjà commencé.

« M. le marquis est un danseur, ce qui ne l'empêche pas d'aimer la science. Il s'est rendu hier acquéreur de la bibliothèque spéciale de feu le docteur P..., le célèbre professeur d'accouchements.

« Il paraîtrait qu'un goût tout particulier l'entraîne vers l'étude de la tocologie. On prétend, en effet (nous n'y avons pas été voir), que M. le marquis suit incognito les cours d'accouchement à la clinique de l'École de médecine. C'est drôle.

***

« Un revenant : — au bal de l'ambassade d'Autriche, nous avons serré la main du vicomte Jean de Tréglave qu'on avait fait mourir violemment en Italie, cet été.

« Le vicomte est muet sur son aventure. Sans doute une affaire d'amour.

« Cela fait deux affaires d'amour dans la famille. En revoyant le cher vicomte, on se demandait, en effet, où pouvait bien être Laurent de Tréglave, car, ordinairement, Pollux ne quitte jamais Castor.

« Pollux voyage. Voici l'histoire qui se raconte : Il était une fois une orpheline, belle comme le jour, mais dont la naissance s'environnait d'un nuage. La nécessité l'avait réduite au métier un peu compromettant de somnambule. Un jeune gentilhomme français la découvrit, l'aima... L'épousa-t-il ? Peut-être.

« Et voilà pourquoi Castor était sans Pollux au bal de l'ambassade... »

IX

FÊTE ORIENTALE

Les citations sont finies; nous reprenons notre récit :

Le passage de la marquise Domenica dans la haute vie parisienne fut brillant, mais rapide. Précisément à ce bal de l'ambassade d'Autriche, elle gagna je ne sais quel malaise qui emprunta sans doute à son état intéressant un caractère particulier de gravité, car on ne la revit plus ni dans le monde, ni même au théâtre.

Je me trompe, on la vit encore une fois, chez elle, à l'hôtel Paléologue où la fameuse fête orientale eut lieu vers le milieu de février. Je ne saurais expliquer pourquoi cette fête fut à la fois miraculeusement belle et très triste. Tout ce qui compte à Paris y assistait et l'effet du premier coup d'œil fut tellement féerique, qu'on déclara vaincues à l'unanimité les magnificences des salons les plus renommés.

Ceci n'est rien à vrai dire ; avec beaucoup d'argent on achète même le goût. L'élégance et l'art sont à vendre. Mais ce qui est tout : la difficile, la presque impossible, la glorieuse fierté du public ; le choix dans le nombre, la foule restant élite, ce problème que les rois eux-mêmes ne savent jamais résoudre, avait, ce soir, sa solution éclatante à l'hôtel Paléologue.

Je n'irai pas jusqu'à prétendre que l'argent ne peut pas aussi donner cela, car l'argent donne tout ; mais il faut que l'argent soit aidé par quelque autre chose. Et il y eut parmi les fées hospitalières qui régnaient alors sur Paris un sentiment d'admiration jalouse à l'aspect de cette prodigieuse cohue, faite de deux mille soleils garantis sans tache.

La mémorable réunion avait pour s'étaler un théâtre digne d'elle. Les salons et surtout les serres enchérissaient sur les descriptions des *Mille et une Nuits.* C'était un palais enchanté, bâti quelque part dans ce pays du rêve éternel : l'Orient, père de l'opium et berger des almées, l'Orient des parfums, des urnes magiques, des perles, des diamants, des lions, des génies ; empire de Salomon, royaume de Saba, empourpré par Tyr, doré par le Potose, où les poètes ont retrouvé épars, les lambeaux du paradis perdu...

L'Orient, tout l'Orient, était contenu cette nuit, entre ces vieux murs féodaux du Paris des Valois. Tous les songes prodigieux, toutes les fumées étincelantes de l'ivresse asiatiques allaient et ondulaient dans les salons de l'hôtel Paléologue, ivre d'éblouissements, d'harmonies et de parfums.

Et la reine de la fête, la princesse-marquise faisant les honneurs de sa maison avec une grâce paresseuse, réalisait exactement l'idée de la beauté orientale. Elle était, nous l'avons dit, malgré sa toute jeunesse, un peu trop riche de formes, et quoiqu'elle fut sur le point d'être mère pour la seconde fois, ses traits charmants n'avaient rien perdu de leur naïveté enfantine.

Ainsi restent-ils dans leur cage mahométane, ces beaux oiseaux humains qui viennent de Circassie, vivant et mourant de mollesse sans apprendre jamais ni la souffrance, ni la joie, ni l'amour.

Les rapports que l'on avait faits sur le mauvais état de santé qui motivait depuis deux ou trois semaines la retraite de la jolie marquise étaient fort exagérés, chacun put bien le voir. En apparence, elle se portait admirablement bien. C'est à peine si on la trouva un peu plus pâle. Son sourire semblait calme et même heureux. Elle dansait de tout son cœur.

Le malade, c'était bien plutôt le marquis de Sampierre, quoiqu'il dansât aussi, comme on accomplit un devoir pénible. Tout le monde put remarquer le changement qui s'était opéré en sa personne. Il avait maigri, ses yeux s'étaient creusés. L'expression de son visage trahissait une souffrance énergiquement combattue.

Ce n'est pas dans une maison en fête qu'on peut juger le degré de cordialité qui règle les rapports du mari et de la femme. Rien ne sépare plus largement que les devoirs de maître et de maîtresse de maison. Néanmoins, les gens qui voient tout crurent deviner que la préoccupation de M. le marquis avait trait à

Mme la marquise, tandis que, pour la naïve placidité de Mme la marquise, M. le marquis n'existait pas.

Mais, en revanche, un jeune parent, le modèle assurément des cousins, M. le comte Pernola, des marquis Sampietri, conquit, ce soir-là, une jolie réputation de piété collatérale, et ce ne fut que justice.

Ce jeune gentilhomme, fort agréable à voir et parlant le français avec le zézaiement classique des Italiens de comédie, exagérait, comme à plaisir, le type cisalpin. Sa figure finement découpée était blanche avec éclat, ses cheveux étaient incomparablement noirs. Et tout cela brillait comme de l'ivoire travaillé avec de l'ébène. Ces deux matières trop ternes avaient été pourtant remplacées par de l'émail noir et blanc pour la fabrication de ses yeux qui luisaient froidement entre deux longues franges de cils en soie vitifiée.

Il ne quittait pas le marquis d'une minute; il l'entourait d'attentions douces et charmantes avec une sollicitude presque féminime.

Cinq duchesses se rencontrèrent dans la bonne pensée d'expliquer l'indifférence de la femme par l'empressement du cousin.

Le bal était travesti. Venise, où l'Orient commence, servait de prétexte au masque. Chacun avait vainement bonne volonté de faire de la joie, mais nous l'avons dit et nous le répétons : parmi tant d'éléments de plaisir, il y avait comme un vent de tristesse.

L'ennui planait.

Il semblait que toutes ces gaietés somptueuses fussent jetées comme un voile sur les mélancolies de la vieille maison et qu'à travers ce voile on découvrit un deuil, ou la menace d'un deuil.

La preuve qu'il y avait dans l'assemblée un parti pris de bienveillance, c'est que nul n'exprimait tout haut ses impressions fâcheuses. Peut-être aussi n'osaient-elles point s'avouer, tant elles étaient inattendues et peu explicables. Une ministresse plénipotentiaire, petite-nièce de Pierre le Grand, s'étant échappée à dire : « Il fait froid ici : j'ai oublié mes fourrures », personne ne releva le mot.

Mais le mot courut tout seul.

Dès deux heures du matin, il commença à se faire très tard. Les défections étaient rares : mais on sentait que tout le monde allait prendre congé à la fois.

Tout à coup, une singulière animation se répandit de salle en salle.

Qu'y avait-il ? On ne savait encore. Le mot scandale fut prononcé. Quel genre de scandale ? Personne ne pouvait le dire.

Soyons justes, cela réveille.

Un fait providentiel, c'est que nul ne peut-être jaloux incognito. Cette honteuse maladie est visible comme un eczéma au bout du nez. La délicieuse, la grasouillette marquise était-elle « en amour », comme disent les Anglaises bien élevées ? Et l'hôtel Paléologue allait-il ajouter un drame, en prime, aux munificences de son hospitalité ?

Notez que les convenances ne doivent jamais se

montrer trop curieuses. Il faut se tenir et attendre la pièce.

La pièce vint et prit tout de suite une allure qui n'était pas parisienne. Paris joue si merveilleusement ces comédies ! Ici, c'était tout naïf. Le Gymnase n'en eut pas voulu. Du premier coup, la femme était aux abois, le mari vous avait un calme noir qui sentait son mélodrame, et le précieux cousin Pernola se multipliait d'une façon aussi dévouée que désobligeante.

Ne me demandez pas d'où ce nom sortit, mais il fut prononcé ; cinquante voix discrètes murmurèrent :

— On dit que le vicomte Jean de Tréglave est ici !

— Eh bien ! après ? demanda la nièce de Pierre le Grand.

Au fait ! après ? Dans cette maison moitié italienne moitié valaque avait-on des mœurs de l'autre monde ? La Russe avait raison : Après ?

La noble assemblée était désormais au spectacle. On vit des mouvements de domestiques. M. le marquis se consulta avec son jeune cousin, et celui-ci, à la grande surprise de tous, offrit son bras à la jolie marquise pour la conduire dans ses appartements comme une belle petite qu'on mettrait en pénitence.

En passant, elle essaya de sourire, quoiqu'elle eût envie de pleurer, et elle dit d'une pauvre voix d'enfant qui a peur :

— Je vais revenir... excusez-moi... je ne serai pas longtemps...

Où les grandeurs vont-elles se nicher ! En pareil

cas, la moins aiguisée des femmes de chambre qui habillaient ces dames eût tenu tête plus congrûment à la situation. Et cette pensionnaire inepte avait trois ou quatre fois la richesse d'une reine !

C'était un baisser de rideau, très plat, mais très net. Le drame avortait franchement.

On prit, comme on le devait, la sortie de la marquise Domenica pour un signal de départ ; mais au moment où chacun préparait sa retraite, M. le marquis de Sampierre manœuvra pour occuper la porte du salon principal et dit d'une voix altérée, où sa volonté bien arrêtée perçait sous un grand trouble :

— Mesdames, je vous prie de vouloir bien rester ; messieurs, personne ne doit sortir d'ici.

Grande surprise et qui fut portée au comble par la rentrée du cousin Pernola, disant avec sa voix de ténor doux :

— Il n'y a malheureusement plus de doute !

Ceci s'adressait à M. le marquis. Le jeune comte ajouta en saluant respectueusement la noble foule dont les mille regards interrogeaient :

— C'est une aventure déplorable ! Avant de parler, j'ai dû m'assurer de la réalité du fait. On a soustrait à Mme la marquise un joyau de famille d'une haute valeur, mais dont le prix d'affection est véritablement inestimable.

Tous les yeux se tournèrent vers M. de Sampierre qui semblait être à la torture, mais qui murmurait d'une voix distincte :

— Il faut que l'objet se retrouve.

X

VOL D'UN JOYAU

Ces dernières paroles de M. le marquis furent entendues jusqu'au fin fond de la salle, parce qu'elles tombèrent au milieu d'un silence glacé.

Il y a gros à parier que parmi les assistants nul ne s'était jamais trouvé à pareille fête. Certains essayaient de ne pas comprendre.

La nièce de Pierre le Grand demanda entre haut et bas à sa voisine :

— Est-ce qu'on va nous fouiller, duchesse ?

Bien des gens soutiennent, surtout en Moscovie, que les femmes russes sont les plus grandes dames du monde. Elles appellent presque toujours les choses par leur nom ce qui est le vrai signe de la race.

Le malheureux marquis entendit et son courage l'abandonna, mais le jeune Pernola était un Italien de ressources.

— Personne n'a pu croire cela ! s'écria-t-il d'un ton pénétré.

Il prit les deux mains de M. de Sampierre comme pour le laver de cette injure.

Le marquis était incapable de se défendre lui-même; d'un geste il donna ses pleins pouvoirs et Pernola poursuivit aussitôt :

— Personne ici, je l'affirme, n'a le droit de mettre en doute le respect de mon cousin de Sampierre pour ses hôtes. Nous sommes à vos pieds, mesdames ; seulement, et ce sera mon dernier mot, personne non plus ne peut avoir intérêt à couvrir la retraite d'un malfaiteur qui se serait introduit, sous le masque, dans une si noble assemblée.

Ceci fut dit avec une conviction ferme et modeste qui trancha d'un seul coup la difficulté. Evidemment, la convenance était sauve. Tous les hommes se démasquèrent, et ce fut de bon cœur.

Le regard du marquis jaillit en gerbe et couvrit à la fois tous ces visages.

Il n'y avait pas un seul intrus.

Pernola remercia d'un salut profond, envoyé à la ronde.

Le marquis baissa les yeux et prononça tout bas :

— Le malfaiteur peut se cacher sous un domino...

Pernola sembla faire effort sur lui-même.

— Je ne demanderais rien de plus, à votre place, murmura-t-il. Nous en avons assez dit... Nous en avons trop dit !

— A notre tour, mesdames ! s'écria la Russe. Soyons victorieuses dans ce combat de générosité : Je m'exécute.

Elle portait justement le voile des almées, et comme elle était de taille avantageuse, on aurait très bien pu dissimuler un bel homme sous son costume. En un tour de main, elle rejeta ses draperies et découvrit gaiement son visage qui n'y perdait rien.

Les autres l'imitèrent avec plus ou moins d'empressement, selon leur âge. Il vient une saison où l'on est en vérité très bien sous un masque; on s'y plaît, on y veut rester. Il y a des souvenirs attendris, des rêves remontants, toute une provision de chers fantômes qui ne se peuvent évoquer ailleurs et qu'on laisse échapper à regret.

Vous qui vivez dans le passé, voulez-vous tenter une curieuse épreuve? Placez-vous devant un miroir, mettez un domino pour que la taille ne proteste pas et regardez-vous à travers les yeux d'un masque, vous reverrez votre figure de vingt ans...

Mais, malgré tout, les dames à dominos et à costumes décevants s'exécutèrent d'assez bonne grâce. Il ne resta pas un seul loup dans le salon.

Le comte Pernola salua de nouveau et son regard d'émerillon parcourut d'un temps l'assemblée. Vous n'auriez point su dire s'il était content ou fâché du résultat de son rapide examen.

Hélas! l'infortuné Giammaria, marquis de Sampierre, se trouva incapable d'aller si vite en besogne. Loin de diminuer, sa détresse semblait grandir, et certes on avait sujet de s'étonner qu'une émotion pareille fût produite par la perte d'un joyau quel qu'en fût le prix. Lui avait-on volé quelque chose comme le Régent de France ou la Lumière du grand Mogol ?

— Je ne peux pas vous voir tous à la fois! balbutia-t-il d'un accent découragé.

— Au défilé! commanda la Russe impitoyable. Mesdames, passons la revue!

Et comme il était dit, il fut fait. M. e marquis se tenait près de la porte, brisé, défait, appuyé au chambranle. On défila dans toute la force du terme devant lui. La porte donnait du grand salon dans la galerie. Tout Paris, le plus grand « tout Paris » qu'on eût vu rassemblé, choisi, mis en bouquet depuis bien longtemps, passa là docilement et lentement, comme à la parade.

Mais il ne s'arrêta point dans la galerie. Chacun continua sa route sans regarder derrière soi, jusqu'au vestibule, puis jusque dans la rue.

Les merveilles de l'hôtel Paléologue ne devaient pas servir deux fois.

Pendant que les équipages, appelés tous ensemble, embarrassaient leurs manœuvres à grand fracas, la Russe dit (ah ! elle était franche) :

— Les empereurs d'Orient sont morts, les millions n'y font rien. Ce pauvre bonhomme et sa femme sont des petites gens d'Italie, et leur bijou perdu, qui s'appelle Jean de Tréglave, s'est sauvé par une fenêtre !

Une heure après, M. le marquis de Sampierre, plus pâle qu'un mort, la marche chancelante et les yeux fous, errait tout seul, comme une âme en peine, dans ce palais vide qui devenait sinistre à force d'être éblouissant.

Il appela, un domestique vint et reçut l'ordre d'aller chercher Phatmi, la première femme de chambre de Mme la marquise.

Celle-là était encore l'Orient, mais le vrai. Pas un costume dans la fête qui venait de finir n'aurait pu rivaliser avec le sien pour le caractère et la couleur.

C'était une robuste fille à l'aspect vaillant dont les sourcils joints abritaient des yeux de feu. Elle avait la jupe de laine à ramages brodés des Tziganes de Bucharest, le tablier de cachemire, largement lamé d'argent, la grande chemise de percale jetée sur le tout et serrée aux hanches par une ceinture à franges.

Sur sa tête, une écharpe de mousseline serrait ses tempes et laissait échapper la profusion de ses cheveux noirs nattés, rejetant par derrière des bouts énormes qui tombaient jusqu'à ses pieds.

Elle avait aux oreilles deux anneaux d'or, grêles et ronds, soutenus en dedans par des S; à son cou pendait le fameux *collier-dot*, composée de doubles lires roumanes dont chacune valait à peu près deux guinées et qui se plaquaient comme un hausse-col, soudées qu'elles étaient à un cercle d'argent.

La Valachie est un loyal pays où les épouseurs ne sont jamais trompés que par les pièces fausses.

Phatmi vint se planter devant son maître.

— A-t-elle pleuré? lui demanda-t-il.

— Oui, répondit-elle.

— A-t-elle pleuré longtemps ?

— Non.

— Beaucoup ?

— Non.

— Et maintenant, que fait-elle ?

— Elle dort.

M. de Sampierre pressa son front entre ses mains.

— Et qu'a-t-elle dit ? murmura-t-il.

— Rien, répliqua Phatmi.

Le comte Pernola s'approchait. Sur un signe, Phatmi se retira comme elle était venue.

— Elle dort ! s'écria le marquis en faisant un pas vers son jeune cousin. Entendez-vous ! Elle dort ! Si c'était un ange, pourtant !.

Pernola lui tâta le pouls affectueusement.

— Après tout, continua le marquis, cet homme n'était pas là. Un à un, j'ai regardé tous les visages. J'affirme qu'il n'était pas là !

Sur les traits du jeune comte, il y avait une douce compassion.

Il prit son parent par le bras et le conduisit sans mot dire jusqu'à la grande porte, splendidement habillée, qui donnait sur la partie non couverte des jardins. Il l'ouvrit à deux battants.

L'éclairage de la fête projeta un éventail lumineux sur les gazons tout blancs de neige.

A travers ce tapis sans tache, il y avait une ligne de pas, marquée distinctement et que le plein jour n'aurait pas plus clairement dénoncée. Ils allaient, effacés peu à peu par la distance, puis se perdaient au loin dans la nuit.

M. le marquis de Sampierre regarda cela et se mit à pleurer silencieusement.

XI

NUIT MYSTÉRIEUSE

23 mai 1847. — Nous sommes encore à l'hôtel Paléologue dans la chambre du premier étage où avait eu lieu la cérémonie double du mariage, sous les yeux du vieux Michel expirant.

Cette chambre servait maintenant à M. le marquis de Sampierre, et, malgré la richesse de l'ameublement, elle n'était pas beaucoup plus gaie qu'autrefois. Il y régnait en effet un singulier désordre. L'encombrement produit par les livres de médecine, les atlas, les estampes anatomiques arrivait à figurer le chaos.

Toute l'énorme bibliothèque de feu le professeur d'accouchements P... était là éparpillée, amalgamée, ouvrant dans tous les coins ses volumes entassés et poudreux.

Il y en avait sur les tables, sur les sièges, sur les commodes ; il y en avait par terre qui empêchaient les portes et les fenêtres de jouer, il y en avait dans la cheminée et le lit en était couvert.

Dès qu'on passait le seuil, l'âcre odeur du vieux

papier, des vieilles encres et du vieux cuir vous saisissait à la gorge en même temps qu'un redoutable goût de poussière scientifique.

Le marquis Giammaria ne permettait jamais à un plumeau d'entrer chez lui.

Il était là, sur une chaise, dans un petit trou qu'il s'était ménagé libre au devant de sa table. Il avait reprit quelque apparence de santé depuis la fête. Son visage, toujours beau, gardait ces tons polis qui sont l'honneur des salons de cire. Pas un pli à sa joue, pas une ride à son front. Seulement, quelque chose de rigide était sous l'implacable couche de ce vernis. Ce n'est pas sans dessein que nous avons parlé salon de cire. Ses yeux larges ouverts faisaient froid. Son aspect éveillait une sensation bizarre. Il glaçait par le regard comme le marbre par le toucher.

Au milieu de ce tohu-bohu dévergondé où le moindre souffle de vent eût déterminé des tourbillons de poussière comme sur la grande route en été, M. le marquis était d'une propreté recherchée. Il portait l'habit noir et la cravate blanche, ses beaux cheveux étaient roulés avec tout l'art cérémonieux que les coiffeurs réservent pour leurs clients de choix, fils de hautes familles ou garçons de café. Les mains qu'il avait fines et belles, étaient gantées de frais.

En soi, chacune de ces choses n'avait rien de triste, et pourtant c'était triste, terriblement.

Dehors, au contraire, les feuilles de mai riaient franchement au soleil. Entre les plis sombres des rideaux, on voyait jouer la brise dans les touffes de lilas qui agitaient leurs masses fleuries, et le printemps sans défiance frappait aux carreaux de la croisée.

Je l'ai dit : on était le 23 mai.

Mais le printemps n'entrait pas, ni le parfum des fleurs, ni le sourire de la jeune année.

Devant M. le marquis, sur la table, dans l'étroit espace ménagé entre les livres, on voyait un journal, un cahier de papier et une pelotte sur laquelle était piqué à l'aide d'une épingle un *memento* ainsi conçu : « *26 août, 23 mai — 270 jours.*

Le memento piqué sur la pelotte était très apparent. Les deux dates qu'il rappelait se trouvaient répétées sur la feuille qui couvrait le cahier de papier et qui portait cette mention inachevée : « du 26 août 1846, à Milan, jusqu'au 23 mai 1847, à Paris... »

Le titre du journal était : *La Gazette des Tribunaux.*

Le marquis Giammaria se tenait immobile, les yeux grands ouverts, le corps droit, mais le cou incliné. Ses deux mains se croisaient sur ses genoux. Il ne regardait rien. Il songeait sans doute, mais sa physionomie à la fois brillante et morne ne laissait lire aucune espèce de pensée.

La pendule sonna une heure après-midi.

— Encore soixante minutes ! dit-il.

Sa voix parlait en dedans et tombait au ras de ses lèvres.

Il prit sa montre qu'il régla avec soin sur la pendule.

Puis, d'un geste plein de lassitude, il déchira la bande du journal.

— J'ai tout appris, murmura-t-il avant de lire, j'ai tout comparé, il n'y a pas au monde un médecin qui puisse m'enseigner quoi que ce soit. Je sais le vrai, je sais le faux. J'ai regardé à travers tous les systèmes. Et de cette laborieuse interrogation que j'ai adressée à la science, qu'est-il sorti ? La réponse que m'aurait faite la sage-femme du coin. Deux cent soixante-dix jours, voilà la règle posée par l'immense majorité des cas, règle confirmée par une énorme variété d'exceptions. De certitude, pas l'ombre ! une probabilité de 60 à 95 pour 100, selon les spécialistes. C'est assez. J'accepterai le jugement de Dieu sur cette base.

Son regard tomba sur le journal déplié. En tête de la première colonne, un titre, bien détaché, sautait aux yeux, criant :

AFFAIRE PRASLIN

Les yeux du marquis Giammaria se fermèrent.

Il remit le journal en place et croisa de nouveau les mains sur ses genoux.

— Cet homme est un martyr, dit-il, un monstre ou un fou.

Il ajouta après un silence :

— Moi je suis un juge !

On frappa très doucement à la porte, qui s'ouvrit presque aussitôt après, sans attendre une permission donnée. L'autre cousin, le comte Giambattista Pernola, montra son sourire sur le seuil.

Il était vivant, celui-là, quoique émaillé. Son vernis avait l'éclat du neuf. Rien n'était dérangé ni fatigué dans les ressorts qui mettaient en mouvement son embompoint de jeune chanoine.

Il traversa la chambre, marchant parmi les obstacles avec le pas léger et silencieux des chats.

— Le docteur est-il venu ? demanda M. de Sampierre sans relever les yeux.

— Je le quitte, répondit la voix suave de Pernola.

— A-t-il vu Domenica ?

— Elle a toujours du plaisir à le voir.

— Que dit-il ?

— Il dit que ma chère et noble cousine est admirablement bien pour son état.

En répondant ainsi, le jeune comte prit la main de son parent et la baisa comme par manière d'acquit.

On pouvait reconnaître que c'était le salut adopté entre eux, car le marquis murmura avec nonchalance :

— Bonjour, mon cousin, bonjour. Si je ne vous avais pas, je serais un abandonné.

Il ajouta :

— Le docteur entend-il par ces mots « admirablement bien » que la crise est encore éloignée ?

— Il ne s'est pas expliqué là-dessus, mais j'ai cru comprendre qu'il n'attend rien d'immédiat.

M. de Sampierre secoua la tête et murmura :

— Le docteur n'est pas infaillible.

— C'est le médecin de S. A. R. Mme la duchesse d'Orléans, répliqua le comte ; mais vous avez raison, personne n'est infaillible.

— Avez-vous quelque chose à me dire ? demanda M. de Sampierre.

— Rien de bien important. Le rôdeur nocturne est venu comme à l'ordinaire ; l'agent que vous avez obtenu de la préfecture l'a guetté à distance. Mais comme vous avez défendu à l'agent de l'accoster...

— Inutile de déranger l'agent désormais, interrompit le marquis. Payez cet homme et dites-lui qu'on n'a plus besoin de ses services.

— Ah ! bah ! fit le comte.

— Le rôdeur de nuit ne viendra plus.

— Qu'en savez-vous ?

— C'était moi.

— Comment ! vous ! s'écria Pernola.

M. de Sampierre s'inclina gravement.

Le comte réprima un sourire et murmura :

— Eh bien ! je m'en doutais ! c'est un véritable enfer que votre vie !... Ah ! ah ! ajouta-t-il en pointant du doigt la *Gazette des Tribunaux*, vous avez vu le résultat de cette diabolique affaire ?

— Non, répliqua M. de Sampierre.

— Voulez-vous le savoir ?

— A quoi bon ? c'est un duc...

Pernola eut un bon petit rire et repartit :

— Alors, vous pensez qu'on ne peut pas condamner un duc ? Les avis sont très partagés. Chacun juge selon sa passion. Moi je ne dédaigne personne, vous savez : Hier soir, chez votre concierge, on causait de cette histoire-là... On en cause à tous les étages de toutes les maisons et ce vieux fou de Paris rajeunit de cent ans quand il tombe sur pareille matière à bavardage. Le portier, qui est un don Juan, disait que madame la duchesse était une béguine insupportable, une rabatjoie, une SAINTE !... et si vous saviez quel amer dédain contenait ce mot-là ! — Etait-ce une raison pour la hacher ? s'écriait la portière. Les maris vont-ils nous tuer maintenant pour notre bonne conduite ? Si on s'amuse, un coup de couteau, si on ne s'amuse pas, cent coups de hache ! Et ça n'est plus seulement les malheureux. Voilà les pairs de France qui mettent la main à la pâte ! On va bien voir si les juges osent donner son compte à ce coquin-là ! Il faut qu'il aille à la guillottine !

M. le marquis avait écouté attentivement.

— Eh bien ! dit-il, c'est précisément mon point de vue.

— D'accord ! fit le jeune comte dont le sourire devint presque espiègle, mais ce n'est pas celui de M. le duc de Praslin qui a essayé de se tuer dans sa prison.

Il a bien fait.

— D'autres disent qu'on l'a empoisonné...

— On a bien fait.

Dans le silence qui suivit, la pendule sonna deux heures. Le marquis se leva aussitôt. Il prit dans le tiroir de sa table une très belle trousse de chirurgien et la mit sous son bras.

— Voici le moment, dit-il d'une voix altérée. Ce jour-là, à Milan, ce jour maudit, quand deux heures sonnèrent, elle n'était déjà plus au palais Sampietri. Mon regard ne pouvait plus veiller sur elle...

— Qu'allez-vous faire ? demanda Pernola qui essayait en vain de garder son sourire.

M. de Sampierre le regarda fixement.

— Vous avez beaucoup contribué à l'arrêt que je vais porter, dit-il.

— Giammaria ! mon bien-aimé cousin ! s'écria le jeune comte, vous vous méprenez, je vous le jure sur mon honneur ! Moi soupçonner ma noble cousine ! jamais ! C'est mon noble dévouement pour vous, mon respect... Voyons, corbac ! parlons raison ! nous sommes à Paris et voici la *Gazette des Tribunaux !* Ce n'est plus comme en Italie, au bon vieux temps. Nous vivons dans un siècle et dans un pays où l'on envoie les ducs et à plus forte raison les marquis à l'échafaud, au bagne, partout ! absolument comme si c'étaient de simples notaires !

— Pourquoi non, demanda M. de Sampierre, si les ducs et les marquis le méritent ?

Il se tenait droit, son front avait d'austères fiertés. Celui-là, dans le fond de sa pauvre âme, n'était ni un homme corrompu, ni un méchant homme.

Pernola eut peur de ce drame.

— Au nom de Dieu, répéta-t-il, qu'allez-vous faire !

— Rendre justice au nom de Dieu, répondit le marquis.

— Cousin, prenez garde ! vous êtes d'autrefois ! Le droit a changé, les mœurs aussi, réfléchissez !...

— J'ai réfléchi pendant deux cent soixante-dix jours.

Ce disant, M. de Sampierre marche vers la porte.

Pernola fit mine de se mettre au-devant du seuil, mais il fut écarté et M. de Sampierre lui dit :

— Giambattista, quoi qu'il arrive, vous n'aurez aucune part de responsabilité, je témoignerai que vous avez essayé de m'arrêter... Je vous défends de me suivre. Je vais à mon devoir.

Il sortit. Le jeune comte, arrêté près de la porte, le regarda s'éloigner dans le corridor. Le voile retombait sur l'énigme de son visage, d'où toute trace d'émotion avait déjà disparu.

Quand le pas de son riche cousin cessa de sonner dans la galerie, il dit comme Pilate :

— Je m'en lave les mains.

Pour aller de son appartement à celui de Domenica, M. de Sampierre avait à traverser toute la longueur de la maison. Il marchait à pas lents et les yeux baissés dans le demi-jour de la haute galerie, où son goût avait rassemblé des toiles espagnoles et quelques pages de l'école de Vérone. Les pâles regards de ces figures semblaient le suivre, morne et mystique comme elles.

Il ne rencontra personne en chemin. Il entra sans frapper chez sa femme, ce qu'il n'avait jamais fait qu'une seule fois dans sa vie. Phatmi, la servante tzigane, vint le recevoir et frisonna de frayeur à sa vue.

Il y avait deux autres servantes valaques qui le regardaient curieusement. Le marquis avait sa trousse d'une main, sa montre de l'autre. Il resta d'abord muet comme s'il eût oublié les paroles qui devaient expliquer le motif de sa venue.

— Elle dort, dit Phatmi après un silence. Savta et Mitza veillent sur elle tour à tour.

M. de Sampierre se recueillit, répétant tout bas ·

— Elle dort ! Combien y a-t-il de temps que je n'ai dormi !

Puis il prononça tout haut :

— Nous ne la réveillerons pas. Ma place est au chevet de ma femme. Renvoyez Mitza et Savta. Je désire être seul avec madame la marquise. Qu'elles emportent le berceau de notre petit Roland. Il ne faut pas de bruit auprès des malades.

Pendant que Phatmi obéissait, M. de Sampierre resta dans la chambre d'entrée. Ses yeux étaient cloués au parquet.

— Et moi ? demanda Phatmi, quand ses compagnes se furent éloignées avec l'enfant.

Le marquis sembla hésiter. Il releva sur elle son regard doux et froid.

— Restez, murmura-t-il. Vous avez acquis depuis peu l'expérience des jeunes mères. Il se peut que j'aie besoin de vos secours.

Cette Phatmi, sous son pittoresque costume de tzigane, avec sa peau basanée, ses longs yeux frangés de noir, ses traits aquilins, taillés hardiment, faisait vraiment une belle créature et semblait forte comme un jeune gars. Elle aurait, selon l'apparence, lancé M. le marquis par la fenêtre en se jouant, pour peu que sa fantaisie l'y eût poussée.

Elle était née sur la terre de Paléologue. Peut-être eût-elle résisté si M. de Sampierre avait voulu l'éloigner de force.

A sa manière, elle aimait sincèrement Domenica.

— Vous êtes le maitre, dit-elle. Entrez si vous voulez puisque je suis là.

Dans la chambre à coucher de Domenica, on se serait cru à mille lieues de ce réduit presque lugubre où M. le marquis abritait ses études. Ici, tout était riant et gracieux.

La jolie marquise n'était pas une femme de très grand esprit, ni d'un goût particulièrement élevé; elle appartenait tout uniment au troupeau de celles qui sont charmantes, ni plus, ni moins. L'écusson à couronne impériale et le prestige des millions vont aussi bien à celles-là qu'à toutes autres. Nous sommes au siècle des reines bourgeoises.

Entre tous les luxes, Domenica, suivant franchement son attrait, avait choisi celui qui règne dans le Paris jeune et joyeux. Elle allait avoir dix-huit ans. Tout ce qui l'entourait était de son âge : rose, frais, coquet et d'un prix fou.

Elle était jolie comme un cœur dans son buisson de dentelles fleuries.

Elle dormait paisiblement, gardant ce sourire des enfants qui s'obstinait autour de ses lèvres.

J'aime ces chères créatures que le hasard accable

de noblesse et de richesse sans les pouvoir élever au-dessus du niveau des délicieuses médiocrités. Avec elles, je défie le plus éloquent des écrivains « à thèse » de fabriquer aucune mécanique civilisatrice, spécialement propre à gonfler la consommation du crime interconjugal.

En entrant, M. de Sampierre alla droit au lit. Phatmi le suivait à trois pas de distance.

Elle avait conscience de suffire amplement comme garde du corps.

Domenica était tournée vers le grand jour. Le sommeil avait dû la surprendre pendant qu'elle était encore à demi relevée, car sa tête reposait sur son bras rose et potelé. Aucune trace de souffrance ne se montrait chez elle.

Le marquis déposa sa trousse et sa montre sur la table de nuit. Il se tourna ensuite vers sa femme qu'il examina attentivement.

Phatmi le guettait.

Peut-être y avait-il dans le regard avide de la Valaque autant de curiosité que de dévouement.

La physionomie de M. de Sampierre n'était pas bavarde. Il aurait fallu quelqu'un de plus habile que Phatmi pour déchiffrer ce livre aux caractères effacés. Néanmoins, dans l'immobilité de ces traits, i y avait comme une douceur grave et compatissante, un recueillement, une grandeur.

Phatmi fut surprise et contente. Elle pensa :

— Il y a des fous qui ne sont pas dangereux.

Le marquis Giammaria tâta le pouls de sa femme, les yeux fixés sur la montre, pendant toute une minute. Il parut satisfait. D'un signe, il ordonna à Phatmi de laisser retomber les rideaux des fenêtres. Elle comprit et obéit. Le jour trop vif s'adoucit comme il convient dans une chambre de malade.

Mais quand Phatmi voulut ensuite se rapprocher, le marquis lui désigna un siège tout à l'autre bout de la chambre. Elle obéit encore et s'assit.

M. de Sampierre se pencha; ses lèvres effleurèrent le bout des doigts de la marquise.

— Quant à ça, il l'aime bien! se dit Phatmi. Pauvre homme!

Elle ajouta, en prenant son ouvrage :

— Mais ce qu'il a dans la tête, le diable le sait!

Après avoir tiré deux ou trois fois son aiguille, elle s'arrêta de broder, parce que M. de Sampierre venait de se mettre à genoux devant le lit.

Domenica dormait toujours.

Evidemment le marquis priait. On pouvait entendre par intervalle le murmure qui tombait de ses lèvres. Par contagion, Phatmi fit le signe de la croix à la grecque. Un malaise vague lui serrait la poitrine.

La prière du marquis Giammaria dura longtemps. Quand il se releva, Phatmi avait repris son ouvrage et se bornait à le surveiller du coin de l'œil. Il avança un fauteuil jusqu'au chevet du lit et s'assit en disant :

— Dieu est juste, l'homme doit être clément.

Selon l'apparence, il avait oublié la servante valaque et se croyait seul.

C'est un quartier tranquille entre tous. Paris n'y

'ait pas de bruit. Dans cette chambre souriante, un calme profond régnait. Le soleil envoyait aux rideaux les silhouettes mouvantes des arbres, et le jardin plein d'oiseaux chantait.

M. de Sampierre, immobile et muet dans son fauteuil, croisait ses bras sur sa poitrine.

Au bout d'une heure, Domenica poussa un soupir et changea de posture sans s'éveiller. Un nuage passa sur la sérénité de son front. Le marquis s'était penché en avant et retenait sa respiration. Il regardait, il écoutait. Le souffle de la jeune femme redevint doux et régulier, celui du marquis aussi.

Quelques minutes après, on gratta discrètement à la porte. Le marquis eut un mouvement d'impatience. Phatmi s'était levée.

— Ah! fit M. de Sampierre, c'est vrai, vous êtes là, ma bonne. Allez dire à M. le comte Pernola que je lui défends expressément l'entrée de cette chambre avant que la huitième heure après midi ait sonné.

— Mais, demanda Phatmi, si c'était le docteur?

— Ce n'est pas le docteur, allez.

Phatmi gagna la porte sur la pointe des pieds et prit plaisir à rendre aussi désagréable que possible la teneur de son message. Je ne sais pourquoi, personne ne pouvait souffrir Giambattista Pernola, ce joli jeune homme. Il remercia la tzigane comme si elle lui eût offert des dragées et demanda des nouvelles de sa bien-aimée parente. Avant de se retirer docilement, il dit :

— Puisque je ne suis pas utile, je vais profiter de l'occasion pour m'absenter ce soir.

Aucun incident nouveau n'eut lieu jusqu'à cinq heures. C'était le moment du dîner à l'hôtel Paléologue. Phatmi s'avoua qu'elle avait faim quand l'horloge de l'église Saint-Paul parla. Elle était d'un pays qui deviendra quelque jour allemand et qui le mérite par la grandeur de son appétit.

Elle resta néanmoins à son poste et reprit sa broderie. Elle se disait :

— Cet homme-là est plutôt un innocent qu'un fou. Il n'a pas de méchanceté, quoique ce soit un Italien. Je pourrais bien aller dîner.

— Phatmi ! prononça tout bas M. de Sampierre.

Elle s'approcha aussitôt. Le marquis lui demanda en baissant la voix encore davantage :

— Vous souvenez-vous de ce jour où Mme la marquise reçut ses modes de Paris, à Milan ?

— Au mois d'août dernier ?

— Le 26 du mois d'août.

— Oui, maîtresse fut si contente ! Il y avait une robe surtout...

— La robe grise avec des volants de dentelle noire ?

Phatmi le regarda bouche béante.

— Vous aviez remarqué cela, maître ! dit-elle : vous !

— Mme la marquise sortit, ce jour-là, reprit M. de Sampierre presque timidement : elle sortit de bonne heure ?

— C'est vrai : de bonne heure... pour montrer sa robe...

— A qui ? interrompit le marquis.

Phatmi se prit à rire.

Elle ouvrait la bouche pour répondre, mais M. de Sampierre ne lui en laissa pas le temps. Un peu de rouge vint à son front. Il baissa les yeux et fit un geste qui était l'ordre de s'éloigner.

On eût dit qu'il avait honte.

Quand Phatmi regagna sa chaise, sa tête travaillait. Elle compta tout à coup sur ses doigts et pâlit.

— 26 août ! pensa-t-elle : 23 mai ! Juste le temps ! Les fous ont de ces idées-là !... Attention ! J'appartiens à Paléologue puisque je n'ai jamais mangé d'autre pain que le sien. Celle-ci est la dernière Paléologue et je l'ai vue toute petite...

Son regard glissa vers le marquis, ses sourcils étaient froncés.

Elle cessa un instant d'écouter la voix de son appétit.

Le temps passait, six heures sonnèrent. Rien ne troublait le sommeil de Domenica. Phatmi avait grand'faim. Elle se disait :

— Si mon mari avait seulement l'idée de m'apporter ma part, mais il va manger pour nous deux, le gourmand de Serbe ! Et mon petit Yanuz doit pleurer après sa mère...

Chez le marquis Giammaria, les domestiques vivaient bien. Le cocher Pétraki et Phatmi, sa femme, avaient un bon logis dans les communs.

Leur enfant restait là pendant le jour aux soins d'une gardienne.

Ils étaient gens de conduite tous les deux et faisaient un heureux ménage.

Vers sept heures, l'estomac de Phatmi devint éloquent tout à fait et lui montra son maître sous un aspect absolument rassurant.

— C'est cette histoire de la duchesse hachée par morceaux qui m'a mis des folies plein la tête! se dit-elle. Dieu! les hommes! si Pétraki levait seulement la main sur moi!... mais il le sait bien! M. le marquis ne ressemble guère à un tigre, non? Il est doux comme une demoiselle. Et deux heures de retard pour mon dîner! Je ne me souviens pas d'avoir eu jamais si grand'faim.

Elle releva les rideaux de la fenêtre, parce que le jour allait baissant.

En se retournant, elle regarda M. de Sampierre, qui était debout et tenait sa montre à la main.

Elle le trouva changé; ce n'est pas assez dire, elle le trouva transfiguré.

Il y avait un rayonnement autour de son front. Cette joie avait quelque chose de si étrange, que Phatmi resta bouche béante à la contempler, se demandant quelle mystérieuse bénédiction avait passé sur son maître.

Il dit tout à coup comme s'il eût voulu modérer lui-même son triomphe :

— Je ne prétends pas que l'épreuve soit décisive au point de vue scientifique, non...

Puis, s'interrompant, il ajouta, soulevé par un enthousiasme irrésistible :

— Mais c'est le jugement de Dieu ! J'avais dit à Dieu : Soyez juge !

M. de Sampierre avait peine à contenir la joie qui débordait hors de lui ; il étendit la main au-dessus du souriant sommeil de Domenica et une ardente bénédiction s'exhala de ses lèvres.

Phatmi essayait de comprendre.

Elle regardait les yeux de son maître, brûlants et brillants, qui suivaient la marche de l'aiguille sur le cadran de la montre.

— Il faut me pardonner, princesse, repris le marquis en s'adressant à sa femme endormie et d'une voix profonde où les larmes tremblaient : je n'ai pas encore trouvé le chemin de votre cœur. Je chercherai. Ce sera l'œuvre unique de ma vie. Je suis jaloux parce que je vous aime, parce que vous ne m'aimez pas. Je ne l'ai dit qu'à un seul être au monde, c'est un de trop. Mon cousin Battista s'éloignera, je le veux... je le hais ! Qu'ai-je besoin de lui, si désormais vous êtes là, près de mon cœur ?...

Phatmi fit un mouvement, il se retourna vers elle ; mais, loin de s'irriter, il l'appela d'un geste amical.

— Tu es témoin, ma fille, dit-il, sois discrète. Elle ne doit rien savoir, son âme doit rester blanche et pure de toute mauvaise pensée. Je m'ouvre à toi ne pouvant me confesser à elle. Ecoute : Une fois je la perdis de vue, l'espace de quelques heures, et l'enfer entra en moi. Je demandai l'aide de Dieu, et Dieu m'envoya une pensée. Pendant deux cent soixante et dix jours, j'ai attendu. Tu es femme et tu es mère, ma bonne fille, me comprends-tu ?

— Dame ! fit la servante qui cherchait en vain des paroles : Je commence... deux cent soixante-dix jours, ça fait neuf mois.

— Je suis entré ici, poursuivit Giammaria, dans la loge d'épreuve, à deux heures sonnant, et j'ai dit à Dieu, mon créateur : « La science donne des probabilités, toi seul es la certitude. Je fais un pacte avec toi, Seigneur, principe de vérité qui ne peux ni mentir ni faillir. Je donne six heures à Satan pour revendiquer le mal, si le mal existe ; de deux à huit ! » Et tout au fond de moi une voix répondit : « Ainsi soit-il ! » Dieu avait parlé... Regarde !

D'un double geste il désigna sa montre et sa femme.

L'aiguille allait toucher huit heures, la marquise dormait paisiblement.

Phatmi, cette belle grande fille de Bohême, n'était pas une élégie en chair et en os. Elle avait compris. Son œil s'abritait sournoisement derrière la frange noire de ses cils, parce qu'elle avait peur de rire.

Elle pensait :

— Et c'est ce pauvre homme-là qui m'a donné la chair de poule !

— Regarde ! répéta M. de Sampierre dont le doigt tremblant bénissait le sommeil de Domenica, vois ce sourire d'ange ! Si la première douleur était venue pendant le temps fixé pour l'épreuve... Mais cette beauté heureuse, ce calme, ce repos doux et charmant. Dieu a parlé, ma fille !

— C'est ça ! dit Phatmi qui se dirigea vers la porte, Dieu a parlé, et moi, je peux aller manger un morceau !

Avant de franchir le seuil, elle ajouta :

— Là, vrai, vous êtes un brave homme !

M. de Sampierre ne l'entendit pas ; Phatmi contenta son envie de rire en gagnant l'office. L'idée lui semblait drôle tout à fait.

Et certes, désormais, elle n'avait garde de craindre son maître.

Pourtant, dans l'espace d'un quart de minute, les choses avaient bien changé à l'intérieur de la chambre. Au bruit de la porte qui se refermait, Domenica avait tressailli faiblement. Un voile de pâleur se répandit et s'épaissit à vue d'œil sur son gracieux visage. Sa main, agitée de tressaillements, chercha son flanc. Elle s'éveillait.

Juste à ce moment, l'horloge de Saint-Paul sonnait le premier coup de huit heures.

On n'etendait plus les pas de Phatmi dans le corridor.

Avant que l'horloge eût fini de tinter les huit coups, Domenica, relevée sur son séant et tordant ses couvertures d'une main convulsive, appelait au secours.

Elle n'avait pas vu d'abord son mari, tant le douloureux réveil l'avait prise en sursaut.

Quand elle vit son mari, elle se rejeta tout au fond de sa ruelle avec terreur.

L'angoisse physique faisait trêve. Elle fixa sur M. de Sampierre des yeux étonnés et troublés.

— Que me voulez-vous ? dit-elle. Où est Phatmi ? où sont Savta et Mitza ? Ordonnez qu'on aille chercher le docteur. Qu'on aille bien vite ! m'entendez-vous ?

M. de Sampierre ne répondit pas. Domenica se mit à trembler de tous ses membres, et balbutia :

— Monsieur, que faites-vous chez moi tout seul ? Pourquoi ne parlez-vous pas ? Jamais je ne vous ai vu ainsi, Giammaria... Phatmi me parlait ce matin de ce duc qui a tué sa femme. Je ne vous ai pas fait de mal, moi...

Une angoisse lui coupa la parole. Elle jeta un cri. M. de Sampierre lui dit rudement :

— Taisez-vous !

Elle eut la force d'obéir, tant son épouvante était grande.

Et il faut bien le dire, l'homme qui se tenait debout devant elle était terrible à voir. La fureur concentrée qui le possédait ne se traduisait par aucun des signes extérieurs et habituels de la colère. Son visage exsangue restait immobile, ses yeux demeuraient baissés. Aucun tressaillement n'agitait ses mains tombantes et molles. Chez lui, en ce premier mouvement, le courroux était plutôt du désespoir :

Quelque chose de mortel. Une menace muette et sourde, et profonde comme une agonie.

Domenica perdait le souffle à le regarder et à se taire.

Elle voyait, quoiqu'il fût à contre-jour, le poli de sa joue se rayer de rides, le blanc de son front se maculer de taches bistrées. Il lui semblait que ses cheveux soulevés remuaient, agités par un vent. Deux cercles sombres s'élargissaient sous ses paupières, et, par intervalles réguliers, des gouttes de sueur, tombant de lui, mouillaient le parquet.

Domenica ne savait rien des choses de la vie, mais on n'a pas besoin de savoir pour trembler.

Les enfants voient le danger comme les hommes.

Domenica eut la pensée qui devait venir à un enfant. Elle se vit seule et sans défense au pouvoir d'un fou.

Se trompait-elle ? Le marquis Giammaria était-il fou ? Du moins, était-il plus fou aujourd'hui qu'hier ? plus fou maintenant dans son chagrin poignant que tout à l'heure dans la triomphale expression de son allégresse ?

Question oiseuse, assurément, pour la pauvre jeune femme, dont le réveil était cet horrible cauchemar.

Mais question que nous devons souligner parce qu'elle établira aux yeux du lecteur, mieux que la plus minutieuse analyse, l'état exact du cœur et de l'esprit de M. de Sampierre.

Il avait interrogé la science, cet ignorant, et la science, qui ne répond pas toujours aux savants eux-mêmes, l'avait laissé dans la nuit. Alors, maniaque et jaloux, amoureux, dévôt, superstitieux et faible, il s'était adressé à Dieu comme la passion antique en appelait aux sorts et aux augures.

Le païen, esclave ou philosophe, disait :

« Que Jupiter tonne à droite pour le malheur, à gauche pour le bonheur. J'écoute. »

M. de Sampierre avait dit : « Dieu tout puissant, j'écoute : vous avez six heures pour me répondre, les heures propices et indiquées par le suffrage universel des livres de médecine. Je vous somme de parler ! »

Et nous savons dans quelle anxiété recueillie il avait passé ce quart de journée dont chaque minute pouvait entendre la réponse de la foudre.

Nous l'avons vu écrasé sous l'attente mystérieuse, nous l'avons vu incapable de contenir l'explosion de sa joie, devancer l'heure d'une minute et entamer prématurément le cantique du triomphe. Cela nous donne la mesure de la complète, de l'immense confiance que lui inspirait l'oracle.

Il avait cru aveuglément à l'arrêt surnaturel qui absolvait Domenica, aveuglément il crut au verdict qui la condamnait. En quelques secondes, il tomba précipité du comble de la certitude heureuse au plus profond du découragement.

Le tonnerre avait répondu. Dans la conscience de ce malheureux homme, le doute n'essaya même pas de naître. Il fléchit sous le coup, puis il se redressa, éperonné par la notion vague et menaçante de ce fait qu'il était le juge, le maître !

Que faire? Il le savait. Les plus faibles ont leur parti pris avant de provoquer l'oracle.

Pendant un temps qui sembla très long aussi bien à la femme qu'au mari, la crise entamée violemment s'arrêta. Le sang remonta aux joues de Domenica et ses yeux s'emplirent de larmes.

— Avouez-vous? demanda M. de Sampierre qui détourna d'elle son regard.

Au lieu de répondre elle demanda à son tour :

— De quel droit me soupçonnez-vous?

Puis, cédant à un brusque élan de révolte, elle appela :

— Phatmi, Savta, je veux quelqu'un! J'ai peur!

M. de Sampierre lui serra le poignet. Elle redevint très pâle et se tut.

Le jour avait baissé dans la chambre, mais Domenica put voir que la figure de son mari changeait d'expression pour la seconde fois.

Sur ses traits, la colère faisait place à une sorte de calme.

Il commanda le silence d'un signe raide et froid; puis, marchant d'un pas pénible, il gagna la porte qu'il ferma à clef en dedans.

Puis encore, il revint et s'assit devant la tête du lit.

De nouveau, sa figure était de pierre.

Il fixa son regard clair et froid sur la jeune femme, qui essayait en vain de baisser et de détourner les yeux.

Ce regard la fascinait en la blessant. Tout d'un coup, elle chancela sur son séant, et, tombant en arrière, sa pauvre tête effarée se renversa parmi ses grands cheveux.

Elle était évanouie.

M. de Sampierre ne bougea pas.

Quand Domenica reprit ses sens, il faisait nuit noire dans la chambre. C'est à peine si elle put distinguer la silhouette de son mari, toujours assis à la même place.

Un bruit se faisait du côté de la porte qui était secouée du dehors. La voix de Phatmi appelait et disait :

— Monsieur le marquis ! ouvrez, je vous en prie !

Elle venait d'arriver sans doute, car son accent n'indiquait encore que de la surprise et un commencement d'impatience.

— Giammaria murmura la marquise, allumez une lampe, je souffre comme pour mourir.

Le marquis demanda pour la seconde fois :

— Avouez-vous ?

De l'autre côté de la porte, la Tzigane s'effrayait et criait :

— M'entendez-vous, monsieur le marquis ? Pourquoi avez-vous tourné la clef ? Si vous dormez, éveillez-vous !

Comme M. de Sampierre ne répondait point, Phatmi ébranla la porte.

— Princesse ! appela-t-elle d'une voix qui tremblait déjà : Domenica ! parlez ! que s'est-il passé là-dedans ?

Le marquis s'était levé. Il appuya la main l'épaule de sa femme.

Sa main était de glace.

Ce ne fut ni sa parole ni son regard qui commanda le silence, car il resta muet et son visage disparaissait entièrement dans l'ombre. Pourtant, la pauvre princesse balbutia comme si elle eût répondu à un ordre impérieusement exprimé :

— Je me tairai ! Je me tairai !

Elle ajouta en étouffant un gémissement que lui arrachait son atroce souffrance :

— Giammaria, est-ce que vous allez me tuer ?

C'était une plainte d'enfant. M. de Sampierre se pencha malgré lui au-dessus d'elle. Elle lui jeta ses deux bras autour du cou. Il frissonna, pensant tout haut :

— Dieu a parlé... Et n'avais-je pas vu les pas de la neige ?

Elle dit de sa pauvre voix brisée, en voyant qu'il se reculait :

— Ah ! je souffre trop ! Tuez-moi ou secourez-moi, je vous aimerai !

On n'entendait plus rien du côté de la porte. Phatmi s'était lassée, ou bien elle avait été chercher de l'aide. Entre deux angoisses, Domenica pleurait tout bas, épuisée.

Au moment où la douleur l'attaquait de nouveau, plus violente, des pas sonnèrent dans le corridor. Il y avait plusieurs personnes et on marchait vite. Domenica, exaltée par sa torture, bondit à moitié hors du lit. On entrait dans l'antichambre.

— C'est le docteur Raynaud ! cria Phatmi du dehors. Vous allez ouvrir, peut-être !

La main de M. de Sampierre ferma comme un bâillon la bouche de sa femme. Il y eut une lutte courte, mais horrible. Domenica retomba inanimée.

M. de Sampierre quitta le lit et se dirigea vers la porte, disant à ceux du dehors :

— Attendez, je ne veux pas faire de bruit, elle repose.

Le médecin de l'hôtel Paléologue était, cela va sans dire, un praticien de valeur et d'autorité. Il demanda d'un ton de reproche :

— Pourquoi tenez-vous madame la marquise enfermée ?

M. de Sampierre ouvrit, mais il resta en travers de la porte. La lumière que tenait Phatmi éclaira l'éternelle immobilité de son visage.

— Bonsoir, docteur, dit-il très doucement et avec un calme parfait. Elle m'a fait promettre de ne pas l'éveiller. La lumière la gênait, je l'ai éteinte sur son désir. Elle m'a fait promettre encore de la veiller tout seul : caprice d'enfant malade. Du reste, soyez sans inquiétude, ce ne sera ni pour cette nuit ni pour demain.

Pendant qu'il parlait, Phatmi prêtait l'oreille aux bruits de l'intérieur. Elle était derrière le médecin et lui dit tout bas :

— Pour méchant, il n'est pas méchant, le pauvre homme ! Je peux répondre de cela. Seulement, ça m'étonne que madame ait eu des caprices de malade avec lui.

— Ma bonne, reprit M. de Sampierre en s'adressant à elle, je veux respecter les moindres fantaisies de madame la marquise. Pour aujourd'hui, faites votre lit dans l'antichambre. Vous serez à portée de la voix... Je vous remercie de votre visité, docteur, et je compte sur vous à toute heure de nuit. En cas de besoin, on vous ferait immédiatement prévenir. A vous revoir.

Il salua de la main et referma la porte avec tout plein de précautions.

Phatmi et le docteur restèrent un instant à se regarder.

— Comment la journée s'est-elle passée ? demanda le médecin.

— Madame a dormi presque constamment.

— D'un bon sommeil ?

— Excellent.

— Pas d'apparence d'inquiétudes ? de malaises ?

— Pas l'ombre d'apparence !

— Et pour ce qui regarde M. le marquis... soupçonnez-vous quelque arrière-pensée ?

La Tzigane se mit à rire.

— Il a eu des soupçons, ce matin, dit-elle, mais il n'en a plus ce soir, Dieu lui a parlé.

Le docteur, qui avait fait un mouvement pour s'éloigner, revint.

— Dieu ?... répéta-t-il. Expliquez-vous, ma fille.

Phatmi se toqua le front en riant.

— Il a un coup de marteau, reprit-elle, mais ce n'est pas bien dangereux. Il est si bête ! Et Dieu lui a dit la vérité tout de même : notre Domenica est innocente autant qu'un Jésus de six mois.

Le docteur réfléchit un instant.

— Je ne vois rien qui puisse motiver ni même excuser mon intervention, dit-il, mais ne quittez pas cette pièce et veillez. A toute heure, je suis aux ordres de madame la marquise.

Il sortit. Une préoccupation restait en lui.

Au moment où il rejoignait sa voiture qui l'attendait dans la rue Pavée, un bras se passa sous le sien.

C'était un beau jeune homme à la figure franche et bonne.

— Le vicomte de Tréglave ! dit le docteur : à Paris ! je vous croyais attaché à l'ambassade de Saint-Pétersbourg !

Au lieu de répondre, le vicomte Jean dit :

— Si vous voulez me donner une place dans votre voiture, j'ai besoin d'une consultation.

Il montèrent tous deux.

— Vous êtes son médecin... commença Jean de Tréglave, dès que la portière fut refermée.

Le regard du docteur exprima un soupçon. Le vicomte Jean reprit en lui serrant la main fortement :

— Je ne vous prendrai qu'une minute, car mon métier ce soir est celui d'une sentinelle. Jai le temps de vous dire néanmoins que la dernière volonté du prince Michel Paléologue ne brisa qu'un seul cœur. Domenica n'aime en moi que son frère. Ne me cachez donc rien. Que se passe-t-il ?

— Vous-même, vicomte, que craignez-vous ? demanda le docteur au lieu de répondre.

— Tout ce qu'on peut craindre d'un jaloux et d'un fou, repartit Jean de Tréglave.

Le docteur Raynaud garda le silence. Jean de Tréglave mit la tête à la portière et pria le cocher d'aller au pas.

— Je ne veux pas trop m'éloigner de l'hôtel, dit-il en forme d'explication.

— Sait-elle que vous veillez ? demanda enfin M. Raynaud.

— Je lui ai fait dire à tout hasard.

Ils se regardaient en face. Le docteur était une physionomie de Paris : souriante, bienveillante et sceptique. Sur les traits de ce beau garçon de Tréglave, tout était cœur, même l'esprit.

— Ma foi, s'écria M. Raynaud, je ne sais plus que dire. Si vous n'étiez pas là, je n'aurais pas la moindre inquiétude. Tout me paraît aller bien, mais votre présence... Voyons ! il n'y a rien entre vous ?

— Rien.

— Sur votre honneur ?

— Sur mon honneur !

— Et vous avez quitté votre poste pour elle ?

— Oui, sans hésiter.

— Vous jouez ainsi tout votre avenir ?

— Je jouerais aussi bien ma vie.

— Alors, comment voulez-vous que je n'aie pas peur !

La voiture s'arrêta au coin de la place Royale. M. de Tréglave descendit.

Ils échangèrent encore quelques paroles, puis le docteur dit :

— Je vous promets d'y retourner aux environs de minuit, en rentrant chez moi : c'est tout ce que je puis faire.

Le vicomte Jean le remercia de la main et s'éloigna rapidement dans la direction de l'hôtel. En chemin, il s'enveloppa de son manteau qu'il avait porté jusqu'alors sur le bras.

La rue Neuve-Sainte-Catherine est sombre tant qu'elle longe le jardin de l'hôtel Paléologue dont le grand mur n'a pour vis-à-vis que des maisons sans boutiques. Il y avait là un fiacre qui stationnait à la porte d'un pauvre garni, Jean de Tréglave y monta, et le fiacre continua de stationner dans le noir.

Il était alors aux environs de dix heures du soir. Pour ce quartier, c'est plus tard que minuit dans le Paris vivant.

Aux fenêtres de l'hôtel, il n'y avait pas une seule lumière, au moins de ce côté.

On n'y dormait pas pourtant. Les trois servantes de Domenica étaient rassemblées dans l'antichambre où Pétraki, qui était le cocher et le factotum de la maison, dressait un lit provisoire pour sa femme Phatmi.

Il était Serbe de naissance et il est rare que les fils de cette pauvre race arrivent à la dignité de cocher en titre ou de premier valet de chambre, mais Pétraki sortait de la moyenne par la multiplicité de ses talents. Il avait servi de secrétaire aux vieux prince Michel qui lui confiait ses bric-à-brac à raccommoder. Il savait tout faire.

Les deux servantes valaques, Savta et Mitza, mises

dehors par l'invasion de M. de Sampierre, avaient profité de la circonstance pour faire une promenade dans Paris. Comme elles étaient jolies filles et drôlement costumées, Paris galant leur avait offert à dîner. Elles revenaient la joue écarlate, l'estomac chargé, mais la conscience nette. Dans leur pays, ce n'est pas un péché que de prendre du bon temps.

Leur étonnement fut sans bornes quand elles virent que l'appartement de la marquise restait fermé pour elles. En ville, elles avaient entendu parler tout le jour du « drame de l'hôtel de Praslin. » Quand Paris, glouton de crimes, tient un pareil morceau sous sa dent, il s'en empiffre jusqu'aux yeux et sans jamais s'incommoder. Vous souvenez-vous de Troppmann et des prodigieux tours de radotage que la grande ville exécuta à cette occasion ? Mitza et Savta ne rêvaient que nobles salons souillés de sang, ravages de velours, de satin, de dentelles, et duchesses réduites en hachis. Paris les avait bourrées de tout cela.

Etait-ce une autre cause célèbre qui se préparait à l'hôtel Paléologue ? Phatmi était muette, Pétraki gardait un silence refrogné.

On envoya Savta et Mitza aux communs où elles s'endormirent comme deux souches en échangeant l'espoir d'apprendre le lendemain matin quelque chose d'épouvantable.

Phatmi et son mari restèrent seuls : une Tzigane et un Serbe : tous deux dévoués à leur manière, qui n'est pas du tout la manière des serviteurs modèles célébrés par notre *Morale en actions*. Pour la Tzigane comme pour le Serbe, la bataille de la vie est trop dure à soutenir ; chacun d'eux est armé.

Quand le factotum eut achevé de dresser le lit, il demanda :

— Qu'y a-t-il derrière cette porte ? tâche de me parler droit.

Phatmi répondit :

— Il y a Domenica et le maître, tu le sais bien.

— C'est lui qui a voulu rester seul avec la Paléologue ?

— C'est lui.

— Pourquoi ?

— Demande-le lui, moi, je ne le sais pas.

Pétraki dit :

— C'est bien.

Puis, il s'assit auprès de sa femme. Après un silence, il reprit :

— Où est le Pernola ?

— Dehors.

Phatmi, qui avait fait cet réponse d'un air distrait, reprit tout à coup :

— J'ai couru le chercher quand le maître m'a refusé l'entrée de la chambre à coucher après mon repas. N'est-ce pas à lui qu'il faut toujours demander : Doit-on faire cela ? Mais le maître, sur le tantôt, lui avait laissé voir qu'il désirait rester seul. Et alors le Pernola a bien vite profité de l'occasion pour aller à ses affaires. Les absents peuvent toujours dire, après l'événement : « Je n'étais pas là ! je ne suis pas responsable de ce qui s'est passé. » Ça s'appelle un alibi.

Pétraki lui prit la main affectueusement.

— Tu es très pâle, dit-il. Tu as bon cœur. Tiens ! te voilà qui frissonnes !

— C'est que j'ai froid.

— Froid ou peur ?

— Les deux.

— Peux-tu me dire de quoi tu as peur ?

— Je ne sais pas.

— C'est bien.

Il se leva sans colère aucune, et ajouta :

— La Paléologue a un secret. Tant pis pour elle. Bonsoir.

Phatmi garda le silence. Le Serbe prêta l'oreille un instant dans la direction de la chambre à coucher. On n'y entendait aucun bruit.

Comme il se dirigeait vers la sortie, Phatmi le rappela.

— C'est fermé à clef, dit-elle en montrant la porte de Domenica.

Pétraki s'arrêta aussitôt.

— Tu saurais ouvrir ? continua la Tzigane.

— Assurément, puisque c'est moi qui ai replacé la serrure.

— Peux-tu faire que je sache aussi ouvrir ?

Ordinairement, Pétraki avait un pas retentissant et lourd. Il traversa l'antichambre avant de répondre et se rapprocha de la porte. Ses pieds chaussés de forts souliers ne produisirent absolument aucun bruit.

Phatmi, qui avait les sourcils froncés, se mit à sourire...

— Tu ne vieillis pas ! murmura-t-elle : je t'aime bien.

Le Serbe s'était penché pour examiner la serrure. Il dit :

— La clef est en dedans.

— Est-ce plus difficile ?

— Pas pour moi.

De la poche latérale de sa casaque rouge, il retira une pleine poignée d'objets parmi lesquels était un étui de cuir noir qu'il ouvrit. L'étui contenait une certaine quantité de petits outils en acier. Il en choisit un.

— Ce n'est pas pour maintenant, dit la Tzigane.

— Pour quand donc ? demanda Pétraki.

— Je ne sais pas.

C'était la troisième fois qu'elle répondait cela.

Le Serbe haussa les épaules et fit mine de remettre l'étui dans sa poche ; mais Phatmi, qui s'était levée à son tour, l'arrêta disant :

— Montre-moi la manière d'ouvrir, je t'en prie.

Il hésita.

— S'il y a du danger là derrière, dit-il, mieux vaudrait que ce fût pour moi.

Elle sourit orgueilleusement.

— Certes, certes, fit-il, tu es forte, mais tu es une femme.

— S'il y du danger, je t'appelerai, dit-elle, mais montre-moi.

En rouvrant son étui pour obéir, Pétraki secoua la tête et répéta :

— La Paléologue a un secret !

Puis il ajouta :

— Le maître aussi ! et il fait noir là-dedans !

Il choisit deux outils, tous les deux recourbés, mais dont l'un avait un crochet très court. Ce fut celui-là qu'il introduisit dans la serrure.

— Regarde, dit-il. La clé doit d'abord être enlevée. Pour cela, il faut la ramener toute droite dans le sens du trou... C'est fait.

En parlant, il avait manœuvré avec une telle adresse que ni le crochet ni la clé n'avaient grincé.

— C'est la moitié de la besogne, reprit-il, et elle va rester faite puisque nous laisserons la clé ainsi. Pour ouvrir maintenant, il n'y a plus qu'à rejeter la clé et à retirer le pène. Pour rejeter la clé, tu prends l'autre bout de l'outil et tu pousses. C'est affaire de tact. Pour attirer le pène, tu prends le le second outil qui est juste de mesure, tu entres, tu tâtes, tu accroches et tu pèses...

La Tzigane était tout oreilles et ses yeux ardents avaient suivi le jeu de la démonstration. Elle prit les deux outils et répéta par deux fois les mouvements indiqués.

— Va-t-en, je vais dormir, dit-elle.

Le Serbe répondit : « C'est bien, » et se retira aussitôt.

Quelques minutes après sa sortie, parmi le silence qui régnait dans l'hôtel et aux environs, l'horloge de Saint-Paul envoya onze coups. Phatmi colla son oreille à la serrure.

— On ne les entend même pas respirer ! pensa-t-elle tout haut, Je l'ai eue sur mes genoux et j'ai vécu du pain de son père. Je ne dormirai pas.

Elle se jeta tout habillée sur le cadre sans éteindre la lumière. Elle était très lasse, mais elle comptait sur sa volonté pour résister au sommeil. Son inquiétude devait suffire à tenir ses yeux ouverts.

Par le fait, elle entama sa faction en sentinelle vigilante. Elle entendit, dans la nuit muette, la demie de onze heures, minuit et la demie de minuit.

Puis elle se dit : « Je m'engourdirais, il faut que je marche un peu... »

Vous connaissez tous ce rêve de l'enfant paresseux qui tarde à se lever et qui se rendort en pensant : « Je m'habille... »

La Tzigane se voyait arpentant l'antichambre d'un pas furtif, — remontant sa lampe, — et s'arrêtant chaque fois qu'elle revenait vers la porte, pour écouter au trou de la serrure.

Elle se sentait sûre d'elle-même et raillait ses récentes inquiétudes.

Avoir eu peur de ce malheureux homme ! Et peur de quoi ? dans une maison pleine de domestiques ! Au milieu de ce quartier si paisible !

Domenica dormait sans doute sur son lit et le marquis dans son fauteuil : tous deux bien tranquillement.

Elle continuait à faire sentinelle, cette brave Phatmi, mais c'était bien pour l'acquit de sa conscience...

Cependant son rêve tourna. Elle ne marchait plus. Elle essayait de repousser le cauchemar assis sur sa poitrine, mais le cauchemar plus fort qu'elle, la garrotait, impuissante, sur son lit.

Et toutes ses inquiétudes devenaient terreurs, car le silence de la nuit prenait une voix...

Elle croyait ouïr des plaintes de l'autre côté de la porte — mais faibles, faibles !

Et quelqu'un, tout bas, disait à ces gémissements de se taire.

Une allumette grinça. Il y eut des pas qu'on essayait d'étouffer.

Quelque chose en acier vibra sec comme les outils d'une trousse qu'une main tremblante eût ouverte maladroitement...

Un enfant ! Il y eut le premier cri d'un enfant qui s'étouffa avant d'être achevé.

Puis un autre cri déchirant, terrible le cri d'une agonie.

Le dernier cri réveilla la Tzgane en sursaut, et la jeta haletante hors de son lit. C'était Domenica qui l'avait poussé : à cet égard pas de doute.

Phatmi écouta, étourdie qu'elle était comme si elle eût reçu un coup d'assommoir sur la tête.

Le cri ne se renouvela pas, mais il y eut sur le parquet le bruit d'une chute pesante.

Et après la chute plus rien.

Phatmi se prit le front à deux mains. Il n'y avait dans sa cervelle que confusion et trouble.

Elle gagna en chancelant la porte de Domenica.

Elle eût donné de son sang pour entendre un bruit quel qu'il fût.

Mais rien ! il semblait désormais que la chambre fût vide.

Et pourtant, la Tzigane n'eut pas l'idée d'appeler.

Pétraki, le Serbe diplomate est propre à tout, avait dit : « La Paléologue a un secret. » Phatmi ne voulut pas se fier même à Pétraki.

Ce qu'il y avait à faire devait être fait par elle seule.

Comme elle n'avait pas les nerfs d'une Parisienne, elle se retrouva vite. Son mari lui avait laissé les crochets, elle attaqua la porte.

Mais on a beau être adroite, chaque métier veut son apprentissage nécessaire. Dès le premier mouvement qu'elle fit, la Tzigane, trop empressée à rejeter la clé, poussa à faux et l'engagea en travers. Dès lors, tous ses efforts devaient rester inutiles. La colère la prit. Elle se mit les mains en sang et brisa les deux outils.

Puis, le front ruisselant de sueur, elle écouta.

Rien encore. De l'intérieur, personne n'avait donc entendu le bruit qu'elle faisait !

Qu'y avait-il là-dedans désormais ?

Une morte ?

Ou deux morts ?

Phatmi rugit comme une lionne ; elle se lança à corps perdu contre la porte, faisant un bélier de son épaule. La porte solide la repoussa, meurtrie. Elle regarda tout autour d'elle avec détresse, disant :

— J'ai dormi ! je ne devais pas dormir. J'ai mangé son pain j'entrerai !

Dans la cheminée de l'antichambre, le dernier

feu, dressé pour les froides matinées d'avril, restait intact.

La Tzigane bondit et jetant de côté les pièces de bois étagées sur le devant du foyer, elle saisit à deux mains la grosse bûche du fond qu'elle leva au-dessus de sa tête.

Ainsi chargée, elle reprit son élan. La bûche énorme heurta la porte à la hauteur de la serrure; cela vaut tous les crochets du monde; le pêne sauta.

Phatmi, avant de franchir le seuil, retint son souffle pour écouter.

A ce grand bruit, aucun autre bruit ne répondait.

Alors ses jambes tremblèrent et son cœur manqua. Elle fut obligée de se prendre au chambranle pour ne point tomber.

— Domenica ! maîtresse ! appela-t-elle.

— Viens donc, répondit une douce voix qui parlait avec précaution.

Phatmi, qui crut encore rêver, avança la tête et regarda.

Il y avait une bougie allumée sur la table de nuit de la princesse-marquise, et sa lumière arrachait des étincelles aux instruments tout neufs de la trousse, ouverte au pied du flambeau : la trousse de M. de Sampierre.

Domenica, assise sur son lit, un peu pâle, mais souriante, tenait un petit enfant dans ses bras.

Elle le berçait, emmaillotté qu'il était déjà.

La figure de l'enfant était tout contre ses lèvres.

Devant le lit, par terre, le marquis Giammaria était étendu tout son long à la renverse.

La princesse-marquise répéta non sans impatience :

— Viens donc, Phatmi, je ne peux pas parler trop haut, je l'éveillerais... Pas mon mari, l'enfant, mon petit Domenico chéri.

Elle ajouta, comme la Tzigane approchait :

— N'aie pas peur, tu vois bien que mon mari est mort.

La Tzigane lui jeta un regard tout plein de soupçonneux effroi.

— Oh ! fit Domenica avec cet accent enfantin qu'elle ne devait jamais perdre, ce n'est pas moi qui ai fait cela. Le bon Dieu l'a puni parce qu'il voulait tuer son petit garçon.

— *Son* petit garcon ! répéta Phatmi dont le visage s'éclaira.

Elle fit le dernier pas, enjambant le corps du marquis et vint baiser la main de sa jeune maîtresse avec un respect attendri.

— L'enfant est donc bien à lui ? murmura-t-elle. Dites sur la Vierge qu'il est à lui !

Domenica la regarda d'un air stupéfait

— Je suis folle ! se reprit Phatmi, j'ai eu si grand'-peur !

Domenica berçait le petit et le baisait.

— Je ne voulais pas de mal à mon mari, dit-elle en se parlant à elle-même, mais il aurait tué l'enfant : j'en suis sûre ! Je dirai pour lui des prières de bon cœur.

Et comme la Tzigane faisait mine de se baisser

pour examiner M. de Sampierre, la marquise reprit :

— Regarde plutôt mon Domenico ! Il s'appelle Domenico. Je ferai maintenant tout ce que je voudrai... Mais Giammaria aura un tombeau grand comme un palais, et je ne l'oublierai pas.

En même temps, elle retourna l'enfant qu'elle éleva dans ses bras.

Phatmi vit alors que ses langes avaient une tache rouge assez large à la naissance du cou.

— Est-ce que ?... commença-t-elle.

— Oui, oui, interrompit la jeune mère, rougissant depuis le front jusqu'à la poitrine, il l'a frappé comme il aurait frappé un homme !

L'enfant jeta un cri robuste que sa mère étouffa dans ses baisers.

Phatmi se redressa indignée et repoussa du pied la jambe du marquis pour venir à l'enfant. Quand elle l'eût embrassé, elle se ravisa pourtant et dit :

— Il faut savoir !

Elle mit la main sur le cœur de son maître.

N'est-ce pas qu'il est mort ? demanda Domenica.

La Tzigane fut du temps avant de répondre, puis elle dit :

— S'il vivait, que feriez-vous du petit ?

La marquise devint plus blanche que le linge de sa couche.

Phatmi, qui fixait sur elle son regard brillant, prononça tout bas en montrant M. de Sampierre :

— Il faudrait bien peu de chose pour qu'il fût mort...

La marquise lui coupa la parole par un geste d'horreur.

— Non ! oh ! non ! fit-elle, jamais !

Et elle s'enfonça dans son lit toute frissonnante.

— Alors, dit la Tzigane, il faut prendre un parti, car il peut s'éveiller. Devant moi, certes, il ne recommencera pas ; mais je suis sa servante. Les servantes, on les chasse... Voulez-vous me charger de l'enfant ?

— Non, répondit la jeune mère qui semblait penser profondément.

Elle ajouta, après un silence :

— Mon Domenico a un protecteur.

Et regardant la Tzigane bien en face avec des yeux où éclataient l'ignorance — et l'imprudence d'une fillette, elle dit :

— Si je veux, *il* l'emportera dans ses bras jusqu'au delà de la mer !

— Il, qui ? demanda Phatmi.

Domenica rêvait. Elle garda le silence.

— Et le voudrez-vous, maîtresse ? demanda encore la Tzigane.

Domenica regarda son mari, toujours renversé sur le parquet, et répondit en serrant l'enfant contre son cœur :

— Je veux qu'il vive, et ce fou le poignarderait !

Sur un signe, Phatmi s'approcha d'elle.

La jeune mère mit sa bouche tout contre l'oreille de la servante et parla à voix basse.

— Attend-il encore à cette heure ? demanda la Tzigane quand Domenica eut achevé.

Cette dernière répondit, et son sourire était imprégné de naïf orgueil :

— A tout heure de nuit et de jour, demain, la semaine prochaine, dans dix ans, tant que je vivrai et tant qu'il vivra, il m'attendra toujours !

— Maîtresse, dit Phatmi, je vous obéirai, mais le maître avait raison d'être jaloux.

Domenica embrassa pour la dernière fois son enfant.

— Devant Dieu et sur la vie de mon pauvre ange, dit-elle, M. le marquis de Sampierre n'a rien à me reprocher.

Cette fois, tout en elle, accent et regard, était d'une femme.

Phatmi enveloppa l'enfant dans un châle et sortit.

Comme elle ne pouvait quitter la maison par l'issue commune sans passer sous le regard des concierges, elle alla éveiller son mari qui lui ouvrit la porte du jardin.

Juste en face de la porte, dans l'ombre, stationnait le fiacre dont le cocher dormait.

La Tzigane dit à Pétraki :

— Il ne faut ni écouter ni voir.

Pétraki s'éloigna aussitôt.

Phatmi traversa la rue et vint à la portière du fiacre.

— Monsieur le vicomte, dit-elle, on n'a pas prononcé une seule fois votre nom, mais je l'ai deviné. Je me souviens des fenêtres qui donnaient sur les jardins d'Esterhazy, à Vienne. Je vous apporte un enfant qui vient de naître ; il paraît qu'il est à vous.

— Il est à moi du moment qu'on me le donne, répondit Jean de Tréglave, qui avança les deux mains. Son père est mon ennemi, sa mère est une sainte.

Phatmi éleva l'enfant jusqu'à la portière et Jean le prit.

— Il a nom Domenico, dit-elle encore. Il a été blessé au moment de sa naissance.

— Par accident ?

— Qu'importe ? pensez ce que vous voudrez. Il doit être mis à l'abri au delà de la mer.

— Celle qui vous envoie sera obéie. Je passerai la mer. Dois-je partir sans la voir ?

— Je suis chargée de vous faire ses adieux.

— Voici les miens : Dites-lui que l'homme à qui elle a donné autrefois le nom de frère sera demain en route pour l'Amérique, si l'avis du médecin est que l'enfant puisse, sans danger, supporter le voyage. Dites-lui que son fils aura de tendres soins et qu'on lui apprendra à aimer sa mère. Dites-lui que ma mort elle-même ne le laisserait pas sans soutien, car nous sommes deux Tréglave, et nous n'avons qu'un cœur. Que Dieu la fasse heureuse !

Il éveilla le cocher et le fiacre s'ébranla.

Phatmi resta longtemps à la même place, ne songeant point à s'en aller.

En rentrant, elle dit à Pétraki :

— Je ne verrai rien de si drôle en toute ma vie ! Ces Français vous ont des idées !

Et à Domenica, quand elle eut regagné le chevet de l'accouchée :

— Maîtresse, vous êtes entre deux fous. S'il vous était tombé un beau jeune garçon fait comme tout le monde, à mi-côte entre le maître qui est trop bas et l'autre qui est trop haut, il n'y aurait pas eu de princesse si heureuse que vous sous le soleil ! Vous pouvez être tranquille au sujet de l'enfant. Cet homme-là sera son père et sa mère.

Ayant ainsi parlé, la Tzigane s'occupa enfin du marquis Giammaria.

XII

LES CERISES NOIRES

Il y eut une chose assurément fort singulière, c'est que de tout cela rien d'immédiat ne résulta.

La fin de la nuit mystérieuse fut aussi platement calme que les débuts en avaient été orageux.

Aux premiers soins de la Tzigane, M. le marquis reprit ses sens; le précieux Pernola rentra tout exprès pour lui offrir le bras, quand il fut temps de le ramener dans son appartement, et le lendemain matin personne n'ouvrit la bouche sur ce qui s'était passé.

Personne. Les domestiques ne savaient rien, excepté Pétraki, le propre à tout, qui ne savait pas grand'-chose; les concierges étaient dans l'ignorance la plus complète; le doux Pernola lui-même s'était arrangé pour ne point savoir ou ne point en avoir l'air.

Il n'y avait qu'un témoin : Phatmi, et Phatmi était muette.

Phatmi avait remis la grande bûche au fond de la cheminée pendant que Petraki guérissait en un tour de main les contusions de la serrure. Aux questions de Savta et de Mitza qui venaient reprendre possession de leur emploi, la Tzigane répondit : « J'ai dormi comme un loir ! »

On envoya un très-beau cadeau d'argenterie au docteur Reynaud qui avait trouvé porte close lors de sa visite nocturne. Le docteur refusa. C'était un original.

Un vent d'apaisement semblait avoir passé à travers l'atmosphère de cette splendide demeure, hier encore si pleine de tristesses et de menaces. Le marquis Giammaria désertait ses livres pour tenir compagnie à sa jeune femme qui souriait, heureuse, dans son nuage de dentelles. On parlait de plaisirs, de voyages. On faisait des projets pour la saison : j'entends dès le lendemain de la fameuse nuit.

Des projets superbes !

D'explication, pas la moindre. Entre les époux recommençant la lune de miel, un accord tacite, mais complet supprimait le drame.

Rien ne s'était passé. M. de Sampierre n'était plus fou, il n'avait jamais été jaloux, et cette charmante Domenica, dodue comme le bonheur, gardant aux lèvres le sourire un peu ennuyé des cœurs trop contents, n'avait certes jamais non plus versé une larme, ni dissimulé une inquiétude.

Seulement, tout le monde avait connu sa grossesse : qu'était devenu l'enfant ?

A l'hôtel Paléologue, cette question-là se murmurait bien bas, entre deux portes ou le long des corridors, quand on s'y rencontrait à deux curiosités.

Chez les concierges, on en parlait déjà un peu plus haut.

Dans le quartier, cela faisait tapage.

Qui donc avait instruit le quartier ? Le quartier savait tout et bien d'autres choses.

Le quartier connaissait jusqu'à l'endroit du jardin où le pauvre petit cadavre dormait sous le gazon.

C'était encore un crime de prince, un bon ! Et la *Gazette des Tribunaux*, qui venait d'en finir avec M. le duc, allait prendre M. le marquis.

Et dans cette nouvelle affaire, il y avait dix fois plus de millions que dans l'autre.

Sous le règne de Louis-Philippe, on se divertissait presque autant qu'aujourd'hui !

Un soir, au bout de huit jours, M. de Sampierre fut pris d'un besoin de se confesser. Il enferma son cousin Pernola dans son cabinet et lui raconta toute l'histoire.

Pernola joua l'étonné dans la perfection.

— Que pensez-vous du silence de Domenica ? demanda le marquis. En la voyant sourire, il y a des moments où je crois avoir rêvé.

— Il faut une explication, répondit le jeune comte. Je m'en charge.

Il fit demander une audience à Domenica. Elle le reçut. Ils causèrent un quart d'heure, après quoi le Pernola revint disant :

— J'ai préparé les voies, allez signer le traité.

Entre les deux époux, l'entrevue fut courte et toute aimable.

— Puis-je faire quelque chose qui vous plaise ?

demanda la princesse-marquise déjà relevée et plus charmante que jamais sur sa chaise longue.

— Tout ce que vous faites me plaît, mais si vous n'éprouviez aucun chagrin à vous séparer de votre première femme de chambre...

— Phatmi ? pas le moindre, du moment que vous le désirez... Tenez-vous à garder notre cousin Pernola, entre nous ?

— Pas le moins du monde, du moment qu'il vous gêne !

Elle lui tendit sa blanche main qu'il baisa.

Ainsi naissent les bons ménages.

Le lendemain, avant le jour, toute la maison partit pour l'Allemagne. Il ne restait à Paris que Giambattista Pernola, installé à l'hôtel de Bristol, et Phatmi qui avait couché, ainsi que son mari, à l'auberge.

Ce fut un cri dans tout le quartier. La cause célèbre prenait la clef des champs !

On fit émeute à la porte de l'hôtel Paléologue. Les concierges criaient plus haut que les autres et les gens de justice furent abondamment sifflés quand ils arrivèrent, sur le coup de midi, pour interroger la maison vide.

Le soir, il y eut dans quelques journaux un article vague, annonçant le départ d'un richissime ménage étranger. On y parlait de rumeurs sinistres et d'émotions populaires. Cela se terminait par la formule consacrée : « La justice informe. »

Le comte Pernola prit la peine d'aller jusqu'au

palais de justice et se mit à la disposition du parquet. Toujours utile, ce cher garçon !

Deux ou trois semaines après, vers le milieu du mois de juin, dans une chambre assez propre dont la croisée regardait Paris du haut de Ménilmontant, un ménage d'ouvriers aisés achevait son repas du soir.

Il n'y avait plus sur la table qu'un reste de cerises, dont le jus marquait de larges taches rouges un lambeau de journal.

Par terre, sur une couverture de soldat étendue, un beau bébé se roulait.

— L'argent s'en va, dit Phatmi qui avait l'air triste. Je ne sais pas le métier des femmes de chambre de Paris, et il est trop tard pour apprendre.

— Il faut venir à Paris, répondit l'ancien factotum de l'hôtel Paléologue, pour savoir ce que valent nos pays. C'est misère et vanité, ici : ça fait pitié. Notre argent s'en va.

— Et il y a notre petit Zanuz, ajouta la Tzigane qui saisit le bébé demi-nu à la volée pour le caresser plus à l'aise sur ses genoux.

A peine celui-ci fut-il à portée des cerises, qu'il tendit ses deux mains.

— Vois donc, dit Phatmi, combien nous avons dans le sac.

Et pendant que Pétraki allait vers l'armoire, elle ajouta :

— Domenica n'avait pas de cœur pour l'homme qui l'aimait. Elle s'est séparée de son enfant sans pleurer. Pourquoi aurait-elle défendu sa servante ?

— Le fait est, répondit Pétraki, la tête dans l'armoire, que cette jolie poupée nous a mis de côté comme sa dernière paire de souliers ! Ceux qui se dévouent sont des brutes.

— Je l'aimais bien, murmura la Tzigane, et peut-être que l'âme lui viendra quelque jour.

Pétraki haussa les épaules en refermant l'armoire. Il avait un sac de cuir à la main.

— C'est pire que les Français, dit-il, ces gens qui ont eu des esclaves !

Il revint vers la table et y déposa son sac.

Le bébé se bourrait de cerises dont la mère enlevait d'avance les noyaux.

Elles appartenaient à cette espèce vulgaire, mais succulente et sucrée qu'on appelle cerises noires et aussi mauricaudes. Leur inconvénient est de tacher les doigts outrageusement. Ceux de Phatmi étaient teints jusqu'à la troisième phalange en carmin foncé, tirant sur le bleu.

Et le bébé avait des moustaches de la même couleur qui envahissaient son nez et ses joues.

Dans le sac, il y avait vingt-cinq doubles *lires* d'or de Bucharest qui était l'ancien *collier-dot* de Phatmi, deux magnifiques Charles-Albert de Sardaigne de cent trente-quatre francs chacun et qui venaient du marquis, une vingtaine de ducats d'Autriche et un rouleau de cinquante louis, non encore défait, plus de la monnaie d'argent et même de cuivre.

Les cinquante louis étaient le cadeau de congé de Domenica.

— En tout, dit l'ancien factotum, ça ne va pas à quatre mille francs d'argent de France. Chez nous ils ont beaucoup, mais ils donnent peu.

— Avec ça, répliqua la Tzigane, on pourrait s'établir là-bas, à Bucharest, Mais nous n'y sommes pas, et le voyage mangerait tout.

Elle soupira gros, son mari alluma une pipe.

On fut quelque temps sans parler.

Le petit garçon, repu de cerises, renversa bientôt sa tête blonde sur le sein de sa mère et s'endormit.

Une goutte vermeille, glissant de ses lèvres à son menton, était tombée jusque sur son cou.

Elle y restait humide.

Du bout de son doigt, d'abord et assurément sans y songer, puis à l'aide d'une queue de cerise, employée en manière de pinceau, Phatmi se prit à étendre la tache de carmin en divers sens, de manière à former un dessin bizarre et sinistre.

— Vois ! dit-elle tout à coup.

Pétraki regarda et ses sourcils se froncèrent.

— Quel jeu est-ce là ? demanda-t-il.

— C'est très ressemblant, répondit la Tzigane à voix basse.

— Ressemblant à une gorge coupée... efface cela !

— Ressemblant à la blessure du petit Domenico, la nuit de sa naissance.

— Tu l'as donc vue, la blessure du petit Domenico ? dit le Serbe qui baissa la voix à son tour.

— Oui, je l'ai vue... et tu la vois aussi, car la voilà.

Il y eut encore un silence. Ce fut la Tzigane qui

reprit, avec un certain embarras et en se donnant l'air de plaisanter :

— Le petit Domenico ne reviendra jamais, et quelque jour, la Paléologue sera veuve. Un enfant qui dans vingt ans d'ici porterait une cicatrice pareille à cela sous sa cravate aurait des millions, mon mari.

— Mais il y a l'autre, l'aîné, le comte Roland...

— Quand notre petit Yanuz ne ferait que partager... Je ris, tu vois bien... mais tu as étudié pour soigner les chevaux de Paléologue, tu es presque un chirurgien, et d'ailleurs, tu sais tout faire. Si tu voulais...

— Tais-toi, dit le Serbe, nous sommes de bonnes gens : restons ce que nous sommes.

Il se leva, mouilla sa serviette et lava le cou du petit Yanuz.

Phatmi dit :

— Je plaisantais.

— C'est bien, répondit le Serbe. Ne plainsante plus de la sorte.

Le lendemain, il y avait encore des cerises. C'était la saison.

Au dessert, l'ancien factotum était pensif. Il rougit deux ou trois fois comme si une parole difficile à prononcer lui eût pendu de la langue.

— Le petit comte Roland, dit-il, n'est pas grand pour son âge.

— Depuis qu'il est au monde, répondit Phatmi, il est toujours malade.

— Comme notre gars se porte bien ! reprit le Serbe. Le petit comte Roland sera prince Paléologue et marquis de Sampierre. Rien que les biens entre Bucharest et Giurgeuo valent douze belles fortunes de ce pays de France. Il héritera du tout...

— S'il vit, fit observer la Tzigane.

— Oui, s'il vit, répéta Pétraki. Fais donc encore avec les cerises sur la gorge de notre petit Yanuz.

Mais Phatmi serra l'enfant contre sa poitrine en frissonnant.

— Non, non ! s'écria-t-elle, je ne veux pas qu'il ait du mal !

Le Serbe dit :

— Ne vois-tu pas que je plaisante !

Le troisième jour, en mangeant des cerises, on parla encore de cela. Ni l'un ni l'autre ne plaisantait.

Pathmi demanda :

— Mon homme, es-tu bien sûr de ne pas le blesser ?

— J'en suis sûr, ma femme.

Ils s'enfermèrent, et les voisins entendirent le petit Yanuz qui poussait de lamentables cris.

FIN DU TOME PREMIER

Grande Imprimerie de Troyes, 126, rue Thiers

www.ingramcontent.com/pod-product-compliance
Ingram Content Group UK Ltd.
Pitfield, Milton Keynes, MK11 3LW, UK
UKHW012044240726
13965UKWH00003B/1028

9 782013 058001